August Wilhelm Iffland

**Allzu scharf macht schartig - ein Schauspiel in fünf Aufzügen**

August Wilhelm Iffland

**Allzu scharf macht schartig - ein Schauspiel in fünf Aufzügen**

ISBN/EAN: 9783743643963

Hergestellt in Europa, USA, Kanada, Australien, Japan

Cover: Foto ©Andreas Hilbeck / pixelio.de

Weitere Bücher finden Sie auf **www.hansebooks.com**

# Allzu scharf macht schartig.

## Ein Schauspiel

in fünf Aufzügen.

Von

## August Wilhelm Iffland.

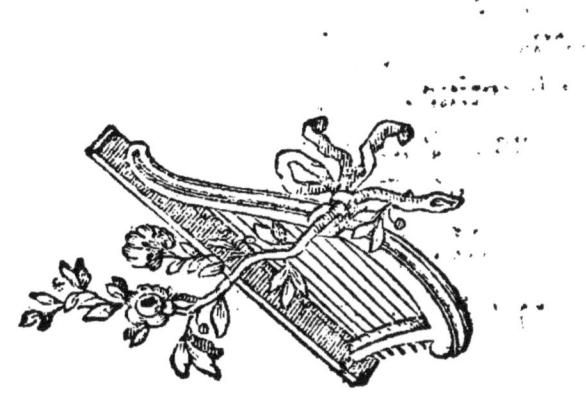

Für das k. k. National-Hoftheater.

Wien,

auf Kosten und im Verlag bey J. B. Wallishausser.

1795.

# Perſonen.

Hofrath Reichenſtein.

Madam Reichenſtein, deſſen Schwägerinn.

Philipp,

Franz, } ihre Kinder.

Wilhelmine,

Lieutenant Lindenſtein.

Kammerrath Sidof.

Herr Frühberg.

Jakob, des Hofraths Bedienter.

# Erster Aufzug.

## In des Hofraths Hause.

---

## Erster Auftritt.

**Hofrath** im Negligee. **Jakob** im Puderanzuge.

### Hofrath.

Die Schnalle sitzt schief.

**Jakob.** Ich sollte nicht meinen.

**Hofrath.** Aber ich meine es: und dann wird Er so gut seyn, es auch zu meinen.

**Jakob** auf einem Knie vor ihm, um sie anders zu richten. Befehlen Sie mehr einwärts, oder —

**Hofrath.** Ich befehle, daß sie gerade sitzt.

**Jakob** schnallt sie anders. Meinen Sie nun? —

**Hofrath.** Ich meine, daß Er ein — Geht an den Spiegel. Und was das für eine Frisur ist! Abscheulich! Gewöhne Er sich doch, daß die Locken leichter fallen!

**Jakob.** Ich bin eben nicht mehr jung, Herr Hofrath! daher —

**Hofrath.** Das weiß Gott —

**Jakob.** Und zu der Zeit, als ich das Fri‌siren lernte, da trug man —

**Hofrath.** Anno 67, ja, da trug man sich, wie ich jetzt noch gehen muß!

**Jakob.** Haben Sie nur noch einige Tage Ge‌duld; ich hoffe, ich kriege es doch noch weg.

**Hofrath.** Geduld, Geduld, und immer Ge‌duld! — Wer war heute hier?

**Jakob.** Außer dem Herrn Kammerjunker —

**Hofrath.** Nun das hat Er schon gesagt.

**Jakob.** Und der Einladung zum Mittagses‌sen bey —

**Hofrath.** Das weiß ich ja schon.

**Jakob** Hat die Frau Schwägerinn schon drey Mahl —

**Hofrath.** Schon wieder? Was will sie?

**Jakob.** Der Monsieur Franz war drey Mahl da; aber Sie schliefen noch.

**Hofrath.** Was will der Monsieur Franz?

**Jakob** zuckt die Achseln.

**Hofrath.** Geld?

**Jakob.** Ich denke nicht. Freylich — brau‌chen sie —

**Hofrath.** Brauchen! brauchen! Ich brau‌che auch. Ich brauche erst, ehe ich an meines verlaufenen Bruders Frau und Kinder den‌ken kann.

**Jakob.** Die gute Frau will —

**Hofrath.** Was?

**Jak.** Vermuthlich nur fragen, ob sie etwa —

**Hofrath.** Fragen? Jede Frage ist eine verkleidete Pistole auf die Brust, und heißt — „gib Geld her." Nichts! Ich bezahle die Hausmiethe für sie, und damit holla.

**Jakob.** Ich denke nur so, wenn —

**Hofrath** Was du denkst, das denke; aber schwatze es nicht! Du bist der allezeit fertige Fürsprecher —

**Jakob.** Nun, das wäre ja wohl nicht so böse gemeint.

**Hofrath.** Die Hausmiethe, die ich mit sieben und zwanzig Thalern jährlich trage, ist auch nicht übel gemeint.

**Jakob.** Gewiß. Nun Sie haben auch den Segen dafür.

**Hofr.** Ja, ja! Alle Neujahr einen Wunsch!

**Jakob.** Sie sind doch ein bemittelter Herr, und —

**Hofrath.** Mein Bruder war auch bemittelt. Wer hieß ihn das Seine verthun? —

**Jakob.** Du lieber Gott!

**Hofrath.** Wer hieß ihn schwelgen, und dann davon laufen?

**Jakob.** Das ist nun geschehen.

**Hofrath** Frau und Kinder sitzen lassen —

**Jakob.** Herr Hofrath —

**Hofrath.** Die nun aller Welt auf dem Halse, und uns zum Spektakel da herum gehen! Ja, bey Gott, es ist jetzt zwanzig Jahre, daß mein Bruder weg ist; aber wenn ich noch an ihn denke, so ist mir es, als ob ich im hitzigen Fieber läge. Der Landstreicher, der!

**Jakob.** Ja, ja, daß er fort gegangen ist, war ein schlimmes Stückchen.

**Hofrath.** Ja, und war meines Vaters Favorit, kriegte die besten Kleider, das beste Stück am Tisch, hatte Freystunde, wenn wir schwitzen mußten! Was er sagte, und wenn's das Boßhafteste, Giftigste war — war witzig, göttlich! Nun, der witzige Herr hatte denn endlich so geläftert und gefrevelt, daß ihm alle Welt gram wurde. Groß lebten wir; einen Dienst hatten wir nicht; die Schuldner griffen zu —

**Jakob.** Ja wohl, ja wohl!

**Hofrath.** Da waren wir so witzig, und liefen davon.

**Jakob.** Aber er war doch kein böser Herr.

**Hofrath.** Schöne Gutheit! Frau und Kinder sitzen zu lassen, nicht zu schreiben, nicht nach Frau und Kindern zu fragen!

**Jakob.** Wer weiß, hatte er auch was Tröstliches zu melden! Wer weiß, an welchem Ufer der arme Herr begraben ist! Wohl gar im Meere — Schwach war er immer.

**Hofrath.** Ja wohl schwach!

**Jakob.** Und es kam damahls — wissen Sie wohl? viel zusammen, was ihm den Kopf verdreht haben mag.

**Hofr.** Wie man sich bettet, so schläft man. — Mein Kleid!

**Jakob.** Roth mit Gold?

**Hofrath.** Das gestickte — nein — das — olivenfarbne; zwar, das mag ich nicht mehr. Bring das — Er nennt das, was angezogen wird.

**Jakob** geht ab. Es klopft.

**Hofrath.** Wer ist da? — Herein!

## Zweyter Auftritt.

**Hofrath.** Franz in blauer Livree mit rothem Kragen und Aufschlägen.

**Hofrath.** Ah, der Herr Vetter! Was will Er?

**Franz.** Herr Onkel, ich wollte nur gehorsamst fragen —

**Hofrath.** Was ist das? — Da komm' Er her — Was hat Er für einen Rock an? he?

**Franz** knöpft an der Hutschlinge, und geht vor sich hin.

**Hofrath.** Ist das eine Narrenmode, die Er mit macht, oder eine Livree? — Will Er den Mund aufthun, oder —

**Franz.** Haben Sie die Gutheit, und hören mich an.

**Hofrath.** Ich bin nicht taub.

**Franz.** Mama kann's nicht länger aushalten. Ich muß von ihr. Sie arbeitet oft bis spät in die Nacht — aber es wird alles so theuer — die Augen vergehen ihr nach gerade auch — es will nirgend mehr zureichen.

**Hofrath.** Nun ja, das Lied kann ich schon auswendig.

**Franz.** Philipp hat einen guten Kopf zum Studieren; dahin bringe ich es in meinem Leben nicht. Also muß ich dienen.

**Hofrath.** Nun ja, so geh Er auf's Land zu einem Amtmann, oder so wohin; dagegen habe ich nichts.

**Franz.** Wir haben ja alles versucht; es will sich aber nichts finden.

**Hofrath.** Weil der Monsieur bey der Mama bleiben will.

**Franz.** Ach nein! Aber überall sagt man, es müßte nichts Gutes an mir seyn, weil ich doch so eine gute Familie hätte, und sie nichts für mich thun wollte.

**Hofrath.** Haha, kommt's da heraus?

**Franz.** Ich habe also nun mit vieler Mühe eine Stelle bey dem Kammerrath Sidof erhalten.

**Hofrath.** Eine Stelle? Wie die Leute reden! Eine Stelle? Lackey bist du geworden!

**Franz.** Ja, ich muß Livrée tragen; er will es.

**Hofrath.** Und ich will es nicht.

**Franz.** Herr Onkel —

**Hofrath.** Onkel, das lautet herrlich aus so einem Rocke. Nein, Bursche, daraus wird nichts. Geh hin, sage den Dienst auf!

**Franz.** Aber —

**Hofr.** Den Augenblick sage den Dienst auf!

## Dritter Auftritt.

**Vorige.** **Jakob** mit dem Kleide.

**Hofrath.** Wenn du Ehre hätteſt, ſo wäreſt du Soldat geworden.

**Franz.** Wenn ich für mich allein wäre, o ja! Ich wäre dann wohl einmahl vorgerückt oder geblieben. Aber —

**Hofrath.** Nun? was wird's? — Zieh an, Jakob! *Er kleidet ſich an.*

**Franz.** Aber meine Mutter geht mir zu Herzen — Was könnte ich ihr von meiner Löhnung wohl abgeben? Bey dem Kammerrath gibt es doch viel zu ſchreiben, ſagt er ſelbſt, und das wird extra bezahlt; davon kann ich ihr doch abgeben.

**Hofrath.** Oder es verthun? Nichts! Werde Soldat!

**Franz.** Wenn Sie die Güte und Großmuth haben, und der Mutter etwas zulegen wollen, mit tauſend Freuden will ich Soldat werden, Herr Onkel!

**Hofr.** Bezahle ich ihr nicht die Hausmiethe?

**Franz.** Das erkennen wir gewiß mit Dank. Aber die Mutter wird nach gerade ſehr ſchwach.

**Hofrath.** Wenn Er nicht den Rock auszieht, und nicht Soldat wird, ſo zahle ich gar nichts mehr.

**Franz.** Wenn Sie nicht der Mutter zulegen, ſo werde ich nicht Soldat!

**Hofrath.** Was iſt das?

**Franz.** Nein, Herr Onkel! ich thue es nicht.

**Hofrath.** So zahle ich keinen Heller mehr.

**Franz.** Thun Sie, was Sie vor Ihrem Gewissen verantworten können. Wollen Sie der Mutter das nehmen, was sie von Ihnen hat, so muß Gott helfen. Ich will noch die Nacht zu Hülfe nehmen und schreiben, so lange, daß das vielleicht wieder heraus kommt.

**Jakob** gerührt. Herr Hofrath —

**Hofrath.** Da haben wir's, Undank, Trotz und Dünkel. Aber warte, Bursche! uns zur Schande sollst du nicht mit deiner Livree herum laufen; dafür stehe ich dir.

**Franz.** Machen Sie mir das Leben nicht sauer — ich weiß wohl, daß ich nicht dazu geboren bin: es ist nun so. Die Mutter hat auch heimlich geweint, als ich den Rock heute frühe anzog. Sie sagte — Geh hin, mein Sohn! ich kann nicht anders; der Rock mag der ganzen Stadt sagen, daß du dein Brot sauer erwerben mußt.

**Hofrath.** Das ist Geschwätz. Überlege Er Seinen Vortheil. Werde Er Soldat. Ich will davon sprechen, und Ihn anbringen. Dann brauchen wir und Er sich nicht mehr zu bekümmern. Er hat Seine Löhnung, Sein Brot, und ist versorgt.

**Franz.** Und meine Mutter —

**Hofrath.** Erst sehe Er zu, wo Er hinkommt. Hat man nicht einen Kummer mit der Familie! Da sorgt man; da gibt man; und Schande und Spott ist das Final.

**Franz.** Schande? Nein; wir sind bettel=
arm, aber so brav, daß wir Ihnen Ehre ma=
chen! Das hat mein Bruder noch heute gesagt.

**Hofrath.** Der Herr Philipp? Der studierte
Herr? Ein sauberer Bursche, der —

**Franz.** O Herr Onkel —

**Hofrath.** Ein Mensch, der über alles räson=
nirt; der auch, ehe man sich's versieht, auf und
davon seyn wird. Und von der Jungfer Schwe=
ster muß ich mir auch schöne Stückchen erzählen
lassen.

**Franz.** Wer kann meiner Schwester was
nachsagen?

**Hofrath.** Ich, Monsieur! Ein galantes
Dingelchen, die Jungfer!

**Franz.** Herr Onkel, ich empfehle mich.

**Hofrath.** Wo will Er hin?

**Franz.** Ich kann's nicht mehr aushalten.
Es ist besser, ich gehe, ehe ich rede.

**Hofrath.** Da bleibe Er! Er will reden?
Er will gehen? Rühre Er sich nicht von der Stel=
le! Ich will Ihm Gehorsam lehren, Bursche!
Was wird aus Seiner Mutter, wenn ich die
Hand zurück ziehe? Hat Er das bedacht?

**Franz.** O ja! ich wäre gewiß sonst schon
zur Stube hinaus.

**Hofrath.** Seht doch! Hat Ihm die Mama
das Köpfchen beygebracht? Aber ihr sollt nur
denken, daß ich alles weiß, was bey euch vorgeht.
Alles! Ich weiß recht gut, daß ich wohlthätiger
Narr die Miethe zahle, und ihr setzt euch hin,

laßt euch Kuchen backen, und laßt es euch herrlich wohl dabey seyn. Das weiß ich!

**Franz.** Ach das war neulich einmahl. Es war den Tag des seligen Vaters Geburtstag. An dem Tage ward auch die Mama mit ihm verheirathet. Das ist der einzige Tag im Jahre, wo wir leben, als ob wir nicht unglücklich wären.

**Hofrath.** Ja — der Tag ist es auch werth.

**Franz.** Ich habe den Vater nicht gekannt; aber nach allem, was die Mutter von ihm erzählt, muß er gut und sehr unglücklich gewesen seyn.

**Hofrath.** O ja, ungemein gut! Ich sehe wohl, es muß aus einem andern Tone mit euch Leuten gehen. Jetzt gehe Er hin zum Herrn Kammerrath; bringe Er ihm den Rock wieder. Er soll und muß Soldat werden. Seiner Mama aber sage Er: Leute, die Kuchen backen ließen, und Geburtstage feyerten, brauchten kein Almosen. Hört Er? *Geht ab.*

## Vierter Auftritt.

### Jakob. Franz.

**Franz** *weint.*

**Jakob.** Er dauert mich in der Seele.

**Franz.** Adieu, Jakob!

**Jakob.** Gott sey mit Ihm, junger Herr, und lasse es Ihm wohl gehen!

**Franz.** Leb wohl, Kamerad! Ich komme nicht mehr daher.

**Jakob.** Nun, nun —

**Franz.** Ach wenn das mein Vater wüßte —

**Jakob.** Nehmen Sie es nicht so zu Herzen!

**Franz.** Hier in diesem Hause ist er geboren, erzogen. Hier wohnt sein Bruder — Ich bin allein in der Welt — soll fremdes Brot essen? Meine Mutter härmt sich zu Tode — Und hier, wo mein Vater ging, stand, hier, wo er Gutes an Armen that, hier wirft sein Bruder mir Almosen vor! Ach, lieber Vater, wenn du unter den Seligen schon bist, so sprich für uns, daß wir alle sterben, und zu dir gesammelt werden!

**Jakob.** Nun, nun! Fassen Sie ein Herz. Die Thränen thun es nicht in der Welt; es will gearbeitet seyn. Hören Sie auf zu weinen! *Er trocknet ihm die Augen.* Sie kommen jetzt zu Ihrem Herrn — und da geht's nicht mit dem Weinen — die Herrschaften können so was nicht leiden. Ich kann Ihnen nichts geben, als einen guten Rath. Den nehmen Sie wohl in Acht. Lernen Sie was. Ich bin nicht dazu gekommen; darum muß ich nun schon so aushalten. Seyn Sie immer freundlich Tag und Nacht. Ein Mensch, der immer freundlich sieht, ist eine Möbel, die jeder gern braucht; und so kommt's am Ende doch gut mit Ihnen.

**Franz.** Ich danke Ihm, Herr Jakob! Hat Er meinen Vater auch gekannt?

**Jakob.** Ja wohl, ja wohl! Ich habe ihm manchmahl in diesem Saale bey Tische aufgewartet. Ich besinne mich noch: er aß so gern —

**Franz.** Jakob, was ich so im Dienste wissen muß, lerne ich doch lieber von dir, als von einem Andern. Willst du mir wohl lernen eine Tafel serviren? Ich bitte dich darum.

**Jakob.** Recht gern! besonders aber eine Tafel decken. Kommen Sie mit herunter!

**Franz.** Das hast du wohl nie gedacht, wenn du meinem Vater hier Teller gereicht hast, daß du seinem Sohne lehren wolltest, damit sein Brot erwerben? Gott vergelte dir es, Kamerad. Sie gehen.

# Fünfter Auftritt.

## Bey Madam Reichenstein.

## Wilhelmine.

Wo gehe ich nur damit hin? — Hier möchte jemand kommen. Je nun, mag doch kommen, wer will! es ist nichts Böses, und ich will es ja doch der Mama zeigen. Was mag es nur seyn? Sie zieht ein Billet heraus. Erschrocken: Ach, es ist ein Brief! Die Mama bekommt ja auch Briefe. Was wird nur darin stehen? Ich will ihn aufmachen: die Mama kann ihn ja doch lesen, wenn er auch vorher aufgemacht ist. Sie legt ihn auf den Tisch. Das ist der erste Brief, der an mich geschrieben ist. So ein Briefchen sieht doch allerliebst aus, und das ist so hübsch mit den Briefen: man kann sich alles viel besser darin sagen, als wenn man spricht, und sich dazu ansehen muß. Den Brief darf ich doch gerade ansehen, und so lange, als ich will—ihn selbst—darf ich nicht so ansehen.

## Sechster Auftritt.

### Philipp. Wilhelmine.

**Philipp.** Was? sprichst du mit dir selbst?

**Wilhelmine** erschrickt, da sie ihn sieht, will nach dem Briefe hin, hat nicht das Herz. Je nun —

**Philipp.** Was ist dir? Mamsell hat ein böses Gewissen.

**Wilhelmine.** Wahrhaftig erst seit du herein gekommen bist.

**Philipp.** Nun, so laß hören.

**Wilhelmine.** deutet auf den Brief. Da da ist—

**Philipp.** Aha — da ist das böse Gewissen, der Brief!

**Wilhelmine.** Ich weiß nicht, was darin steht.

**Philipp.** An Mademoiselle Reichenstein. Ey, das sind Sie, mein Engel!

**Wilhelmine.** Ich habe ihn der Mama geben wollen —

**Philipp.** Darum liegt er da?

**Wilhelmine.** Nein, darum liegt er nicht da!

**Philipp.** Warum denn?

**Wilhelmine.** Ich habe ihn angesehen — und —

**Philipp.** Und angeſehen! Alſo ein Liebes-
brief?

**Wilhelmine.** Behüthe Gott. Nein, Bruder, nein, nein.

**Philipp.** Was glaubſt du von dem Briefe?
ſag' mir das!

**Wilhelmine.** Ey — daß — daß er an mich
iſt — daß er — Was kann ich denn glauben —
er iſt ja zu.

**Philipp.** Und du haſt gar nicht nachgedacht,
was wohl darin ſtehen möchte?

**Wilhelmine.** O ja!

**Philipp.** Von wem iſt er?

**Wilhelmine.** Von Lindenſtein.

**Philipp.** Vom Herrn Lieutenant? aha!

**Wilhelmine.** Kannſt du ihn nicht leiden?

**Philipp.** Du kannſt ihn leiden?

**Wilhelmine.** O ja!

**Philipp.** Nun — den Brief, liebe Wilhelmine, den behalte ich einmahl.

**Wilhelmine.** Das iſt doch wohl nicht recht,
weil er an mich iſt.

**Philipp.** Ich bitte auch vorher um deine Erlaubniß.

**Wilhelmine.** Hm — ich darf ja nicht nein
ſagen.

**Philipp.** Wenn du es dürfteſt, würdeſt du es?

**Wilhelmine.** Ja, gewiß.

**Philipp.** Wie haſt du den Brief bekommen?

**Wilhelmine.** Als ich aus der Kirche ging —

**Philipp.** Von ihm ſelbſt?

**Wilhelmine.** Nein. Von einer alten Frau.

**Philipp.** Er hat doch einen Bedienten.

**Wilhelmine.** Ja. Das habe ich auch gedacht. Nun — warum wirst du auf ein Mahl so feuerroth im Gesicht?

**Philipp.** Das kommt ja wohl so — Wilhelmine, wir wollen der Mutter nichts von dem Briefe sagen; hörst du?

**Wilhm.** Wenn du meinst—aber ich denke —

**Philipp.** Nun?

**Wilhelmine.** Wenn sie ihn nicht lesen soll, so konntest du ihn lesen.

**Philipp.** Ich bin nicht neugierig.

**Wilhelmine.** Nicht? Ich bin es.

**Philipp.** Warum?

**Wilhelmine.** Er — er könnte ja Arbeit für seine Schwester bestellt haben —

**Philipp.** Weißt du, was wir machen wollen? Wir wollen niemand zu nahe thun, niemand betrüben, dich nicht, die Mutter, den Lieutenant und mich nicht; deßwegen lesen wir den Brief alle beyde nicht. Und da ich auch glaube, daß er Arbeit von der Mutter für seine Schwester bestellt haben könnte, so schicken wir den Brief an diese Schwester, die eine ganz vortreffliche Frau seyn soll. Der Lieutenant ist ein junger, lebhafter Officier. Also schicken wir den Brief der Schwester. Er hohlt sich ein Tischchen mit Schreibzeug herunter. Und das soll gleich geschehen. Er setzt sich, und schreibt. Der schicken wir den Brief.

**Wilhelmine.** Das ist doch sonderbar.

B

## Siebenter Auftritt.

### Vorige. Mad. Reichenstein.

**M. Reichenst.** Guten Morgen, Philipp!

**Philipp** im Schreiben. Guten Morgen, Mama!

**M. Reichenst.** zu Wilhelminen. Ist Franz noch nicht von dem Onkel zurück?

**Wilhelmine.** Nein, Mama! noch nicht.

**M. Reichenst.** Der arme Junge! Er wird einen harten Stand mit ihm haben.

**Philipp** im Schreiben. Ist er hin?

**M. Reichenst.** Ja.

**Philipp** lacht.

**M. Reichenst.** Ich kann nicht lachen. Sie setzt sich, und strickt. Da, Wilhelmine, ist deine Arbeit. Sie gibt ihr einen Nähbeutel. Die letzten Stiche waren etwas übereilt. Das hält die Wäsche nicht aus, und bringt uns um den Credit. Gib besser Acht!.

**Wilhelmine** setzt sich ihr gegen über, und stickt. Ja, da ist Philipp Schuld daran gewesen: er hat so närrische Sachen von dem Onkel erzählt, daß er seine Kanarienvögel mit Federkielen schlägt, haha, wenn sie nicht singen, wie sie sollen —

**M. Reichenst.** Pst! Wilhelmine —

**Philipp.** Ja, wahrhaftig, das ist wahr, Mama! fast alle Morgen prügelt er seine Vögel, haha! da beißt er sich in die Lippen, und hat einen

Ingrimm, daß ihm das Toupet steigt. Ich habe selbst gelacht, daß mir der Kopf wehe that. Darüber verdient sie Entschuldigung. Er hat geendigt und gesiegelt. Franz hat doch die Livree angehabt, als er zum Onkel gegangen ist?

**M. Reichenst.** seufzt. Ja!

**Wilhelmine** legt die Arbeit hin. Ach ja, denk nur!

**Philipp.** Daß die Leute gar nicht begreifen wollen! — Franz ist gut, aber einfältig. Ein **Handwerk** will Kopf und Verlag: beydes hat er nicht. Dieser Dienst gewährt ihm Aussicht zu Brot, und den Trost, daß er seine Mutter wird pflegen können. Ich — nun ich habe studiert; ich habe auch was gelernt: das kostet die Trümmer Ihres Vermögens. Und was bin ich nun?

**M. Reichenst.** Du hast doch Hoffnung —

**Philipp.** O die hat Franz auch. Das wendet sich wunderlich auf dieser Welt. Wer weiß, nach dreyßig Jahren ist Franz vielleicht Chef eines Departements, wo ich unter ihm die Rubriken an die Repositoria schreibe. Mutter, die Aufschläge und die Kragen sind es, was Sie quält. Denken Sie doch, daß der Mensch auf ein Mahl dadurch eine Richtung erhält, nicht höher zu wollen — als ehrlich zu erwerben.

**M. Reichenst.** Und wie wird es dich in der Welt hindern?

**Philipp.** Mich? An nichts. Ich habe studiert — das heißt, ich habe gerade so viel Licht erworben, daß ich recht gründlich einsehe, warum ich nie weiter komme. Ich habe einen Rock;

den werde ich behalten, wie zuvor. Ich habe
manchmahl zu essen, manchmahl nicht; ich mache um ein Spottgeld Arbeiten, welche Andre
für ihre ausgeben; ich halte um Stellen an, die
mir abgeschlagen werden; ich bin der Sohn eines Mannes, der Witz hatte — und davon lief
— dieß alles bleibt das Nähmliche, ob mein Bruder in Livree geht, oder nicht. O, ich fürchte,
es werden Augenblicke kommen, wo ich meines
Bruders Kragen und Aufschläge nehmen, und
ihn an meinen Schreibtisch setzen möchte!

M. Reichenst. Ach Philipp, du ängstest mich
so! —

Philipp. Und ich möchte Sie beruhigen.
Denn mit alle dem, daß ich das weiß und glaube,
ziehe ich meinen Karren brav vom Flecke: das
sehen Sie doch!

M. Reichenst. Ach ja! Aber nun hast du
auch mit der Idee, daß dein Bruder Bedienter
wird, den Onkel so beleidigt.

Philipp. Das ist recht; das ist gut; das freut
mich.

M. Reichenst. steht auf. Sieh, du bist nun
wieder auf dem Wege deines seligen Vaters.

Philipp. Vielleicht thut der Onkel jetzt aus
Boßheit etwas für Sie: aus Güte hätte er so
nie etwas gethan.

M. Reichenst. Hat er nicht die Miethe —

Philipp. Etwas Rechtes, bey drey tausend
Thalern Einkünfte.

**M. Reichenst.** Er war uns doch nichts schuldig.

**Philipp.** Er hat gerade so viel gethan, daß das Publicum ihn nicht zur Kirchenbuße verdammen konnte.

**M. Reichenst.** Ich will gehen, wenn du in diesem spottenden bittern Tone sprichst. Dein Vater hätte in seinem Verfall Hülfe gefunden; wir hätten sie gefunden, nachdem er uns verlassen hatte: aber dieser Spott, diese Bonmots, dieser stechende Witz war noch in jedermanns Mund und Herzen, und verschloß uns Fürsprache und Hülfe.

**Philipp.** Ja, das ist wahr; es ist nur zu wahr. Und der Vater war so gut, gab, ehe man klagte, suchte das Elend auf, theilte seinen letzten Heller, theilte Haus und Brot — das konnten die Nattern vergessen, weil er den Narren und Bösewichtern ihr Recht gab! Sein Bruder richtete ihn zuerst.

**Wilhelmine.** Ist denn das wahr, daß der Herr Onkel für seine Schuld zuerst und auf ein Mahl alle unsere Sachen hat verkaufen lassen, und daß er sie unter dem Preise an sich gekauft hat? Pause.

**Philipp.** Es ist wahr. Man klopft.

**M. Reichenst.** geht hin, und nimmt außen jemand ein Billet ab.

**Philipp.** Von wem?

**M. Reichenst.** Vom Kammerrath Sidof. Sie liest; nachher, O mein Sohn, mein Sohn!

**Philipp..** Was ist?

**M. Reichenst.** O wie beugst du mich! Lies selbst!

**Philipp.** „Madam! wie sehr bedaure ich, daß mein Bemühen, Ihren Sohn Philipp anzustellen, durch dessen eigne Schuld vergeblich ist! Der Präsident hat die Geschichte mit dem mouchirten Rock erfahren. Er ist außer sich, und hat einen Schwur gethan, daß, so lange er lebe, Ihr Sohn nie hier angestellt werden soll. So lohnt sich eine böse Zunge. Der Ihre, Sidof.”

**M. Reichenst.** Philipp, willst du nicht einen andern Weg einschlagen?

**Philipp.** Böse Zunge? das ist sonderbar.

**M. Reichenst.** Was ist denn das mit dem mouchirten Rocke?

**Philipp.** Ja, da frage ich Sie, ob das nicht zum Todtlachen ist. Ich komme hin mit einer Relation, die ich für den Präsidenten gemacht habe; so ist ein großes Stück mouchirtes Tuch auf dem Boden ausgebreitet. Der Präsident, dessen Geiz Sie kennen, liegt auf den Knieen, und zählt im Schweiß seines Angesichts alle Tupfen des Tuches, worüber er auf einem Bogen, der neben ihm liegt, förmliche Berechnung hält. Ich warte sehr respectuös; endlich erhebt er sich, und sagt mit innigster Wichtigkeit: „So, mein lieber Reichenstein, muß man den betriegerischen Schneidern das Handwerk legen. Hier ist Tuch zum Kleide. Es hat neun hundert und funfzig Mouchen: so viel gebe ich dem Schneider. Wenn der Rock gemacht ist, dürfen acht und achtzig Tupfen fehlen: fehlen mehrere, so hat mich der Schneider bestohlen, und ich weiß accurat, um wie viel." Ich gestehe, daß ich die ganze Nacht vor Vergnügen nicht schlief, bis ich es Leuten sagen konnte, die Sinn für das Original=Komische haben.

**M. Reichenst.** Diese haben dich nun ins Verderben gebracht. Ach, du hättest eher ein Laster erzählen können, nur k=in Lächerlichkeit. Die Menschen verzeihen das niemahls.

**Philipp.** Aber ich habe doch keine Unwahrheit erzählt. Will nun der Präsident deßhalb schwören, daß ich kein Brot haben soll, so zwingt er mich, daß ich bitte, daß er von der Welt weg kommt.

**M. Reichenst.** Du lebst wie dein Vater, und ich werde dich verlieren, wie deinen Vater.

**Philipp.** Ich bin fleißig. Das war mein Vater nicht.

## Achter Auftritt.

### Vorige. Hofrath Reichenstein.

**Wilhelmine.** Ach je! der Herr Onkel —
**M. Reichenst.** Herr Bru — Herr —
**Hofrath.** Mein Gott, lassen Sie doch die Treppen besser beachten, wenn man in einem weißen Mantel so eine Hühnerstiege klettern muß —
**Philipp.** Das Logie, wie es ist, dankt meine Mutter Ihrer Generosität.

**Hofrath.** Und hat dann gar noch Mangel an Proprеtät zu besorgen.

**Philipp.** Es ist sehr heiß: soll ich Ihnen den Mantel abnehmen?

**Hofrath.** Nein, nein, ich trage ihn — um —

**Philipp.** Incognito zu seyn.

**Hofrath.** Ah sieh, ist Sie auch da, Jungfer Lieutenantinn —

**M. Reichenst.** Was ist das?

**Philipp.** Herr Hofrath!

**Hofrath.** Ein schönes Früchtchen, die Jungfer, — eine Blume für das Spinnhaus!

**M. Reichenst.** Vergessen Sie nicht — Philipp — dir befehle ich zu schweigen — ich befehle es —

**Philipp** knirrschend. Ich gehorche.

**M. Reichenst.** Vergessen Sie nicht, daß sie Ihres Bruders Kind ist!

**Hofrath.** Pot tausend!

**M. Reichenst.** Und daß ich lieber Wohlthaten entsagen will, als Verachtung dulden.

**Hofrath.** Entsagen? so? Ja — der Herr da ist auf dem Wege, es bis zu des Papa's Beförderung zu bringen — Der andere ist mit Gottes Hülfe Lackey geworden, und die Jungfer will in der Generalität avanciren.

**Philipp.** Onkel —

**Hofrath.** Sapperment, da muß ja wohl ein Mensch einen Mantel umnehmen, wenn er im Angesicht des hellen Tages herein gehen will.

**Philipp.** Sieben Jahre haben Sie Hausmie=
the für meine Mutter bezahlt: das macht hundert
neun und achtzig Thaler. Hundert neun und acht=
zig Thaler ist die ganze Hülfe, die sie in siebzehn
verwaisten Unglücksjahren von ihres Mannes
Bruder empfing. Ich will Tag und Nacht arbei=
ten, pflanzen, hacken, tragen, Bothen gehen,
bey Kranken wachen—bis Sie das Geld zurück
haben: ich verlange nichts von Ihnen.

**Hofrath.** Bravo!

**M. Reichenst.** Philipp!

**Wilhelmine.** Bruder!

**Philipp.** Aber dieß Haus betreten Sie nicht
mehr! Hunger thut nicht so wehe, als Ihr Au=
ge. Kein Schuldner ist so hart, als so ein
Wohlthäter. Ich würde in den Staub fallen,
und um Vergebung bitten, daß ich zu dem Blute,
das in meines Vaters Adern auch wallte, so re=
den muß: aber dieß Herz ist nie von dem Puls=
schlage der Gutmüthigkeit erhoben, die meinen
Vater beseelte; die ihn zum Bettler, zum Land=
streicher machte; über den sein leiblicher Bruder
den Stab zuerst gebrochen hat.

**Hofrath.** Nun gut — ich bin denn abgewie=
sen: ich gebe also nichts mehr; ich komme nicht
mehr. Aber meines Bruders Sohn soll keine Li=
vree tragen.

**Phi ipp.** Das geht Ihr Herz nichts an, und
Ihrem Hochmuthe geschieht's recht.

**Hofrath.** Das soll er nicht, und ich will euch
weisen, daß ich Vatermacht habe, so wahr ich

den letzten Heller daran verwenden will. Er geht.
Ich will's euch weisen.

M. Reichenst. Gott erbarme sich unser!

Wilhelmine. Bruder, was hast du gethan!

Philipp. Vatermacht ist nur, wo Vaterherz
ist. Er umarmt beyde. Ich bin euch jetzt Sohn, Gatte,
Bruder und Vater. Jede Pflicht stattet mich mit
Gotteskraft aus. Ihr könnt nicht halb so viel
fürchten, als ich ganz hoffen darf.

---

# Zweyter Aufzug.
### Bey Madam Reichenstein.

## Erster Auftritt.
### Wilhelmine sitzt und näht.

Meine Arbeit freut mich nicht. Wenn sich
das bis Mittag nicht verliert, so sage ich es
der Mutter und dem Bruder; denn sie sind
Schuld daran.

## Zweyter Auftritt.
### Philipp. Kammerrath Sidof. Wilhelmine.

Sidof. Guten Morgen, liebes Kind! Lassen Sie uns beyde ein wenig allein beysammen.

Wilhelmine verbeugt sich und geht.

Sidof. Herr Reichenstein, der Onkel ist

bey mir gewesen. Mit mir und Ihrem Bru=
der Franz wird es nichts. Er will durchaus
nicht haben, daß das geschieht.

**Philipp.** Ist mein Onkel auch Ihr Onkel?

**Sidof.** Ich stoße ihn nicht vor den Kopf,
sage ich Ihnen.

**Philipp.** Ihre Thätigkeit hätte meinem Bru=
der eine gute Richtung gegeben, und die Ko=
piegebühren ihn und meine Mutter unterstützt.
Ich hätte ihn vor Augen behalten — daher
gebe ich den Plan ungern auf. Wie wäre es,
wenn Sie von der Idee abständen, ihn in
Livree gehen zu lassen?

**Sidof.** Davon stehe ich nicht ab.

**Philipp.** Dann würde aber der Onkel —

**Sidof.** Davon kann ich nicht abgehen. Oh=
ne Livree heißt er ein Schreiber; das fährt den
geheimen Räthen vor den Kopf — heißt gro=
ßer Ton — macht aufmerksam — Daraus wird
nichts. Aber ich habe eine andere Proposition.

**Philipp.** Lassen Sie hören.

**Sidof.** Nun — seyn Sie gescheidt?

**Philipp.** Ich möchte wohl.

**Sidof.** Allons, weg mit der Philosophie—
sie gibt magere Kost. An das practische Le=
ben gedacht — und — und zugegriffen!

**Philipp.** Nun?

**Sidof.** Der Onkel treibt es mit aller Ge=
walt, daß er in den Adelstand erhoben wer=
den will.

**Philipp.** Der Onkel?

**Sidof.** Das ist sein einziges Verlangen.

**Philipp.** Will er an das Thier erinnern, das die Löwenhaut umhing? —

**Sidof.** Er möchte also alles ebnen und schlichten, daß das Ding so glatt abrollen könnte. Nun wissen Sie, der Onkel hat da so einen Handel wegen der Steuereintreibung — den — viele im unrechten Lichte sehen wollen.

**Philipp.** Wer ihn im guten Lichte sieht, sieht ihn unrecht.

**Sidof.** Nun, das gehört nicht daher. Der Justizrath Freudenthal hat das Referat: nicht?

**Philipp.** Ja.

**Sidof.** Das weiß aber jedermann, daß er nicht arbeitet, sondern Sie für ihn.

**Philipp.** Justizrath Freudenthal ist ein Mann vom besten Willen, hellen Verstandes, der aber —

**Sidof.** Das geht mich nichts an. Machen Sie, daß die Relation — — gescheidt wird.

**Philipp.** So Gott will.

**Sidof.** Nähmlich — daß der Onkel in — in — — Blitz noch einmahl, Herr, ich habe es Ihnen in den Mund gelegt, was Sie thun sollen, und ich bin gewohnt, daß mir in dergleichen Sachen die Leute entgegen kommen.

**Philipp.** Ich will aber das alles nicht verstanden haben.

**Sidof.** Nun! — — — So — ist's aus. — Ich hätte aber den Bruder genommen; ich hätte Ihnen ein Stückchen Geld —

**Philipp.** Pst, pst! — O — nicht weiter!

**Sidof.** Was will das heißen?

**Philipp.** Um Ihretwillen nicht weiter!

**Sidof.** Ach, ich habe mehr solche Leute gekannt, denen die Kinderlehre und Universitätshäste so eine Weile angehangen haben. Aber waren so ein fünf Jahre herum — die Meß-conto und das Kindergeschrey, Butter, Holz, Hausmiethe, Pelzmäntelchen für die Weiber, und das Recreationsfläschchen trat ein — ich meine, sie haben den Glauben geändert. Statt Einer Hand streckten sie alle beyde aus.

**Philipp.** Herr Kammerrath —

**Sidof.** Herr Reichenstein, Sie werden an mich denken. Übrigens halten Sie es mit dem Onkel, wie Sie wollen. Aber nun noch Eins — Der Lieutenant Lindenstein macht Ihrer Schwester die Cour, und der Vater.

**Philipp.** Sorgen Sie nicht. Hierüber stehe ich für alles.

**Sidof.** Ist vernünftig; denn an eine Heirath ist bey eurer Armuth und des alten Lindensteins Reichthum und Geiz nicht zu denken.

**Philipp.** Das weiß ich, und es soll alles abgebrochen werden.

**Sidof.** Freut mich. Den Alten brauche ich, und habe ihm versprochen, so wie ich von Heirathsgedanken was merkte, es ihm zu berichten.

**Philipp.** Es ist nie die Rede davon gewesen.

**Sidof.** Thut mir leid, daß ich Ihnen nicht nützlich ſeyn kann. Aber mit Geld helfe ich Ihnen nicht; denn ich gebe keinem Menſchen welches. Indeß, ein wohl qualificirter, practiſcher, geſunder Rath iſt manchmal mehr, als Geld.

**Philipp.** Und können Sie alles, was Sie mir heute gerathen haben, einen geſunden Rath nennen?

**Sidof.** Jeder Menſch hat ein Propoſitum, wenn er in die große Welt tritt. Welchen Zweck haben Sie?

**Philipp.** Zu leben, zu nützen, meiner Mutter zu helfen.

**Sidof.** Nun, ſo ſind Sie vom Wege ab.

**Philipp.** Wie das?

**Sidof.** Zu leben? Leben Sie? Nein. Sie erhalten Sich nur. Leben iſt Wohlſeyn. Zum Leben gehört eine Wohnung — wie die nicht iſt, ein Fläſchchen, ein Tiſch — und was ſonſt den Sinnen wohl thut. Zu nützen? Sie nützen nicht.

**Philipp.** Wie, mein Herr? Der Eifer, womit ich für Recht und Wahrheit rede oder ſchreibe —

**Sidof.** Iſt dumm!

**Philipp.** Wen ſcheue ich? wer macht mich verſtummen, wenn ich fühle, ich muß laut für den Unſchuldigen reden und das ſtolze Verbrechen brandmahlen!

**Sidof.** Damit beugen Sie die Unſchuld

unter die Bank, und heben das stolze Verbrechen hinauf.

**Philipp.** Nein, niemahls —

**Sidof.** Halt — Wer nützen will, muß stille gehen, thun, und nicht reden, immer gemäßigt reden und proponiren, daß nicht die Erbitterung excitirt wird. Wer laut anschlägt — der warnt, daß man ihm aus dem Wege gehe. Also — nützen thun Sie gar nicht.

**Philipp.** Lassen Sie mich das lieber nicht wissen!

**Sidof.** Ihrer Mutter helfen, das thun Sie auch nicht.

**Philipp.** Mit Stolz kann ich sagen — ja, das thue ich.

**Sidof.** Womit? Mit schönen Reden, dünnen Brühen und klarem Wasser! Schöne Hülfe! Herr, es ist ein Weltprincipium — Alles fängt von sich an. Die Uneigennützigkeit? du lieber Himmel, die ist wie ein gemahltes Licht; sie leuchtet weder sich noch Andern. Weg damit! Ich nehme, wo ich was erwischen kann — und helfe, wo es mir kein Geld kostet. Mühe wende ich gern an — verdrießt mich nicht — aber Geld gebe ich nun und nimmer.

**Philipp.** Sie bekehren mich nicht.

**Sidof.** Es ist alles in der Welt ein Negotium. Der eine verkehrt mit Tuch, mit Wolle, mit Hafer; der andere mit Prozessen, mit Diensten, mit Relationen — Wie man die Waare am besten anbringt, hat man am gescheidtesten gehandelt. Wer die meisten Hülfsmittel hat und zu erhalten

weiß, ist der Gescheideste. So ist im gemeinen Leben reich seyn und klug seyn einerley. Neymen
Sie das ad notam — Ihr Diener.

Philipp. Ein Wort noch! Es gilt ein Gefühl,
was dünne Brühen und klares Wasser zum Göt-
tertrank — das Stroheager zum Fürstenbette machen kann. Die Thräne geretteter Unschuld gibt
eine Kraft in Seele und Körper, die unüberwind-
lich ist. Das Bewußtseyn — was ich habe, ist
mein — erworben — dem Engel des letzten Ge-
richts könnte ich ins Angesicht sagen — „es ist erworben" — gibt eine Genügsamkeit, die dem
Reichen fremd ist. Wenn Sie mich jetzt verlassen
wollen, so nehmen Sie die Wahrheit mit, die
Sie nicht kennen, die mich nährt, lohnt und be-
gütert: — „Genügsamkeit allein ist Reichthum."
Sie gehen nach der Thüre zu: dort begegnet ihnen Madam Reichenstein.

## Dritter Auftritt.

### Vorige. Mad. Reichenstein.

M. Reichenstein. Diesen Augenblick erfah-
re ich, daß Sie hier sind, und danke Ihnen herzlich für Ihre Theilnahme an mir und meinen
Kindern.

Sidof. Obligirt. Wenn ich nur die Jungen
zu was bringen könnte.

M. Reichenstein. Mit der Zeit —

Sidof. Mit der Zeit? — Schön! Wenn's
noch etwas ansteht, so ist dieser da gar verloren.

M. Reichenstein. Verloren? Mein Gott!

Sidof. Das lose Maul.

M. Reichenstein. Lieber Sohn — stehst du nun wohl?

Philipp. Ich verläume niemahls.

Sidof. Herr, Sie können ein ganzes Dorf in den Sack stecken. Das macht nicht halb so viel Lärm, als wenn Sie sagen: „Der und der hat falsches Haar,„ oder — „Sie hat eine Garnitur falscher Zähne.„ Es wird Ihnen gehen, wie Ihrem Vater. Was hat denn den zum Lande hinaus gebracht, als die spitzen Repliken?

Philipp. Die ganze Geschichte der Mißhandlung meines Vaters habe ich drucken lassen.

Sidof. Eine schöne Bescherung!

M. Reichenstein. Dem könnte ich nicht entgegen seyn. O, mein guter Mann war gewiß unschuldig!

Sidof. Zugegeben. So waren Andere schuldig?

Philipp. Bey Gott!

Sidof. Nun — der Unschuldige ist weg — die Schuldigen sind noch da. Was resultirt?

Philipp. Strafe!

Sidof. Wie straft der Arme wohl den Reichen?

Philipp. Er kann ihn in das Sonnenlicht der Wahrheit stellen.

Sidof. O liebes Kind, sie hängen Geldsäcke um; es glänzt, niemand kann hinsehen.

Philipp. Es ist grausam; es ist unmenschlich,

C

einen Sohn, einen armen Sohn zu hindern, seines Vaters Ehre zu retten.

**Sidof.** Zu retten? Hm! man wird Ihre Sache lesen, und schweigen.

**Philipp.** So werde ich reden.

**Sidof.** Reden — das ist alles.

**Philipp.** Reden, bis man auch reden muß; so lange, so feurig, so aus dem Herzen reden, bis man untersucht. Ich bin Sohn; ich darf nicht schweigen. Leichtsinnig war mein Vater, aber gut, mildthätig; er verborgte Andern, und borgte wieder; er verbürgte sich. Man hetzte seine Gläubiger auf. Schurken machten Wechsel nach, die er nie ausgestellt hatte. Er verwarf sie. Falsche Zeugen, Meineide — ja — Meineide — Habe ich nicht das ganze Verfahren jetzt unter Händen? Meineide wurden veranlaßt, um diese Wechsel als echt anzugeben, die seine Hand nie geschrieben hatte. Hat man nicht noch nachher, da er schon lange fort war, alles unterdrücken wollen? Der Widerruf des Sterbenden, alles —

**Sidof.** Ja du mein Gott —

**M. Reichenstein.** Und als man ihn nun öffentlich beschimpfen wollte, was blieb ihm da wohl noch übrig — als Verzweiflung?

**Sidof.** Aber bedenken Sie nur selbst, als der Mann noch im Glücke saß, wie ist er mit unserer Justiz umgegangen? Als sie ihn nachher fassen konnten — ja, da war's aus. Ein Bonmot hat ihn ganz besonders in's Elend gebracht; denn

es war der ganzen Stadt mundrecht geworden.

**Philipp.** Welches?

**M. Reichenstein.** Ach, ich erinnere mich
deß nur zu sehr.

**Sidof.** Unser Justizcollegium nannte er das
jüngste Gericht.

**Philipp.** So gerecht richtete es?

**Sidof.** Weil so viele Knaben am Gerechtig-
keitsschwerte hantieren, wollte er damit sagen.

**Philipp.** Nun, das jüngste Gericht sitzt denn
noch auf den heutigen Tag.

**Sidof.** Sehen Sie — gleich beißend. Man
exponirt sich; man kann nicht mit dem Menschen
reden. Man setzt Leib und Leben in Fährlichkeit.
Denn der Hehler ist wie der Stehler.

**Philipp.** O, hier sind mehr Stehler, als
Hehler.

**Sidof.** Hält die Ohren zu. Respice finem. —
Adieu!

**M. Reichenstein.** Sie sind also ganz gegen
die gedruckte Ehrenrettung meines Mannes?

**Sidof.** Ganz.

**Philipp.** Es ist zu spät; sie ist gedruckt.

**Sidof.** O weh!

**Philipp.** Und wird schon ausgegeben.

**Sidof.** Schlimm!

**Philipp.** Sie ist warm, aber ohne Witz, geschrieben. — Freylich versteckt sie nichts.

**Sidof.** Ist des Herrn Onkels darin gedacht?

**Philipp.** Er ist nicht genannt.

**Sidof.** Mein Himmel! Der Onkel ist —

**Philipp.** Ein harter, böser Mensch.

**Sidof.** Ein Bißchen spartanisch; das will heut zu Tage die Jugend nicht.

**Philipp.** In Sparta war man ehrlich; das ist der Onkel nicht.

**Sidof.** Sehen Sie, die erste Replik habe ich dissimuliren wollen. Aber —

**Philipp.** Darauf war sie nicht eingerichtet.

**Sidof.** Aber die zweyte war zu vehement. Bedenken Sie, der Herr Onkel gilt hier etwas.

**Philipp.** Funfzig tausend Thaler.

**Sidof.** Er hat Leute an der Hand —

**Philipp.** Sagen Sie lieber, in der Hand. Er schießt vor.

**Sidof.** Eh bien! Die lassen ihn nicht stecken, aber Sie. Also Zügel und Gebiß, junger Herr! Mir ist die Zeit mehr werth, als tauben Ohren zu predigen. — Gott befohlen! Geht.

**M. Reichenstein** begleitet ihn.

**Philipp.** Und mir ist mein Gefühl und mein Kopf zu werth, um zu tauben Herzen zu reden.

## Vierter Auftritt.

### Vorige ohne Kammerrath Sidof.

**M. Reichenstein.** Er macht, daß ich wollte, das Buch wäre nicht gedruckt.

**Philipp.** Lassen Sie die Sache ihren Gang gehen. Ich wäre nicht Sohn, hätte ich auf mei=

nem Vater den Vorwurf der Ehrlosigkeit haften
lassen, den ich heben kann. Auch wird man uns
dann in anderm Lichte sehen.

**M. Reichenstein.** Bedenke nur, mit welcher Angst ich dich jedes Mahl aus dem Hause gehen sehe, da du in meinem Beyseyn nicht unterlassen konntest, beißende, harte Antworten zu
geben. O lieber Sohn, unterdrücke doch das unglückliche Talent! Glaube mir, die Schwerfäl-
ligkeit deines Bruders wird ihn bey seiner Redlichkeit noch weiter führen, als dich dein vortreff-
liches Herz mit deinem Witze.

## Fünfter Auftritt.

### Vorige. Hofrath Reichenstein.

**Hofrath.** Höre Er 'mahl! Ich bin es nun
schon gewohnt, daß Er Rabulistenstreiche macht,
die mit genialischem Wesen versetzt sind. Das ist
so ein Plictri, womit man einfältige Bürgers-
leute und junges Enthusiastenpack fängt. Aber
jetzt will ich zweyerley von Ihm wissen: ist das,
so ziehe ich nicht nur meine Hand ganz von Ihm
ab, sondern —

**Philipp.** Ich habe sie nie empfunden, und
werde sie nie empfinden.

**Hofrath.** Das wollen wir sehen. Wenn es
sich alles so verhält, so ist Er ein seditioser ge-
fährlicher Bursche, und da soll mich nichts ab-

halten, Ihm den Lohn reichen zu lassen, der
solchem Libellistengesindel gebührt.

**Philipp.** Sagen Sie mir, Mama, ob Sie
begreifen, was der Onkel mit dieser sinnreichen
Vorrede sagen will!

**Hofrath.** Sage mir, Bursche, ob du meine
Gewalt und mein Ansehen als Vaters Bruder
erkennst und weißt!

**Philipp.** Ich erkenne in Ihnen einen reichen
Mann, der mich chicaniren kann.

**Hofrath.** Sag mir, ob du bey dem Justizrath Freudenthal gegen mich gearbeitet hast.

**Philipp.** Ich habe bey dem Justizrath Freudenthal gearbeitet. Ich habe für Recht gegen Unrecht geschrieben, und kann vor Gott betheuern,
daß, so oft mich auch das himmelschreyende Unrecht empört hat, so habe ich dennoch kälter geschrieben, als ich jemahls hätte thun sollen, um
am Ende vor mir selbst bestehen zu können.

**Hofrath.** Nun — triumphire, gerechter
Knabe —

**Philipp.** Ein gerechter Knabe ist eine früh-
reife köstliche Frucht!

**Hofrath.** Triumphire — ich habe deinen
Herrn Freudenthal perhorrescirt, und ein Anderer bekommt nun die Relationen.

**Philipp.** Weiter —

**M. Reichenstein.** Sie sehen mich sprachlos
vor Erstaunen. Lassen Sie sich das rühren —

**Philipp.** Mutter, ich will seine Rührung
nicht, und Ihre Erniedrigung.

M. Reichenstein. Deines Vaters Bruder.

Hofrath. Ist es wahr, daß eine so genannte Ehrenrettung Seines Vaters im Druck ist?

Philipp. Eine Ehrenrettung — eine Entlarvung so genannter Ehrenmänner — wahr!

Hofrath. Daß sie von Ihm ist?

Philipp. Wahr!

Hofrath. Wenn ich sie zu Gesichte kriege —

Philipp. Hier ist sie.

Hofrath blättert darin. Gut, gut! da haben wohl alle daran gearbeitet? Die Mama, der Lackey und die Jungfer Lieutenantinn?

Philipp. Herr Onkel, ich sage Ihnen mit aller Entschlossenheit, daß Sie nicht wieder in diese Thür gelassen werden.

Hofrath. Nun — wohl bekomm' euch indeß das Mittagsessen! Geht.

## Sechster Auftritt.

### Vorige ohne den Hofrath.

Philipp. Mama, das war vorzusehen. Sehen Sie darüber weg. Mir liegt nichts am Herzen, als meines Bruders Versorgung. Das Andere findet sich.

M. Reichenstein. Ach, mein Sohn — bedenke, daß ich nicht mehr viel zu verlieren habe.

# Siebenter Auftritt.

## Vorige. Jakob.

**Jakob.** Um Vergebung, daß ich so komme — aber ich bin eilig. Ich habe den Herrn heraus gehen sehen, da bin ich geschwind herein.

**Philipp.** Und die Sache?

**Jakob.** Ist ein Freundsstück — wenn es Ihnen anders da aus dem Rocke nicht zu schlecht ist.

**Philipp.** Der ihn trägt, ist besser, als der ihn gibt.

**Jakob.** Glaub's — mit aller Consideration für die Verwandtschaft, manchmahl selbst.

**M. Reichenstein.** Und was will Er uns sagen?

**Jakob.** Sagen — kann ich wohl nichts — nur so — hinweisen, wo der Rauch herkommt; das Feuer müssen Sie dann aufsuchen. Sehen Sie — daß er einen Grimm auf Sie hat, ist gewiß. Daß der Präsident Ihnen nicht das beste Loos wünscht — habe ich weg.

**Philipp.** Ich halte beyde und beydes nur für Rauch.

**Jakob.** Rauch schwärzt doch. — Die zwey Leute hocken bey einander: der bringt ein Köhlchen — der ein Hölzchen — der Schwefel, der Feuerstein — wenn es nur erst glimmt, dann blasen beyde, und invitiren mehr Blaser. So meine ich, daß es aussieht.

**M. Reichenstein.** Mein Gott!

**Jakob.** Ich habe auch mehr gehört. Sie halten mich für zu dumm. Dumm bin ich — aber, alles was recht ist — eselsdumm bin ich doch nicht. Wie gesagt: ich habe viel gehört — aber ich sage nichts wieder. Warnen ist Christenpflicht. Wieder sagen wäre ein Spitzbubenstreich. — Wünsche wohl zu leben. Ab.

**M. Reichenstein** geht mit ihm.

**Philipp.** Was er nur brüten mag, der theure Onkel! Meinetwegen! Das soll mich nicht an Schlaf noch Arbeit hindern. Meine Protection — ist mein Herz. Geht auf der Seite ab.

# Achter Auftritt.

## Wilhelmine.

### Sie geht hastig nach dem Fenster.

Ich glaube, er kommt daher. — Ja — gewiß, er kommt. Auf das Haus gerade zu. — Nein, doch nicht; er wendet — Und doch, da kommt er: ach, das ist entsetzlich. Aber ich kann ja nicht dafür, daß er kommt. Ich will die Mutter rufen. — Nein, das darf ich nicht. Der Bruder wollte ja nicht, daß ich etwas von dem Briefe sagen sollte; so darf ich auch wohl von ihm nichts sagen. Ich weiß, was ich thue — Ich will nicht mit ihm reden, so geht er wieder; das ist besser. Ach, da ist er wahrhaftig schon! Antworten will ich, wenn er fragt; aber ich will nicht mit ihm reden!

# Neunter Auftritt.

### Wilhelmine. Lieutenant Lindenstein.

**Lindenstein.** Da ist ja meine gute Wilhelmine.

**Wilhelmine.** Ja — da bin ich —

**Lindenstein.** Sehen Sie mich doch an, Wilhelmine! Ich habe mich darauf gefreut, Sie zu sehen.

**Wilhelmine.** Ich — ich —

**Lindenstein.** Nun?

**Wilhelmine.** Ich darf nicht — Sie haben mir — Es ist so allerley vorgefallen.

**Lindenstein.** Vorgefallen?

**Wilhelmine.** Ich kann gewiß nichts dafür.

**Lindenstein.** So reden Sie doch, liebes Mädchen! Ihre Aufrichtigkeit hat mich immer so entzückt; bin ich sie nicht mehr werth?

**Wilhelmine.** Mein Bruder Philipp — weint — und mein Bruder liebt mich so herzlich — das wissen Sie.

**Lindenstein.** Das weiß ich.

**Wilhelmine.** Wollen wir nicht zu meiner Mutter gehen?

**Lindenstein.** Was ist Ihnen? Sie vermeiden es, mich anzusehen! Haben Sie Mißtrauen in mich?

**Wilhelmine.** Auf der Welt keines!

**Lindenstein.** Sie sind so ängstlich!

**Wilhelmine.** Ach ja, recht sehr.

Lindenstein. Bin ich die Ursache?

Wilhelmine. Ich glaube nicht. —

Lindenstein. Hat Ihre Familie —

Wilhelmine. Reden Sie doch mit meinem Bruder!

Lindenstein. Sie sind mir unerklärbar.

Wilhelmine. Ach, mir ist alles unerklärbar. Aber ich will niemand betrüben.

Lindenstein. Und dennoch betrüben Sie mich so sehr.

Wilhelmine. Ach, das will ich gewiß nicht. Aber — kommen Sie doch zu meiner Mutter —

Lindenstein. Da ist sie —

## Zehnter Auftritt.

### Vorige. Mad. Reichenstein.

Lindenstein. Wilhelmine wünscht Sie, verlangt nach Ihnen. Sie will nicht bey mir bleiben. Habe ich durch mein Betragen Ursache gegeben, daß sie —

M. Reichenstein. Keinesweges. Aber kann man denn in dieser Welt, wie sie einmahl ist —

## Eilfter Auftritt.

### Vorige. Philipp.

Philipp verbeugt sich gegen Lindenstein. Franz ist noch nicht zurück?

M. Reichenstein.  
Wilhelmine.  } Nein.

**Philipp.** Das ist sonderbar. — Mama — *Er redet leise mit ihr.* Verzeihen Sie —

**Lindenstein.** Sie haben Geheimnisse, und ich bescheide mich, daß —

**Philipp.** Nein, ich ersuche Sie zu bleiben.

**M. Reichenstein** *geht mit ihrer Tochter.*

# Zwölfter Auftritt.

### Philipp. Lieutenant Lindenstein.

**Philipp.** Herr Lieutenant — vergeben Sie mir, wenn ich meinen Vortrag jetzt weder ordnen, noch gut einkleiden kann; mein Blut ist zu sehr in Bewegung.

**Lindenstein.** Das sehe ich, und es befremdet mich.

**Philipp.** Sie haben Freundschaft für uns alle bewiesen.

**Lindenstein.** Und empfinde sie.

**Philipp.** Sie haben von den Arbeiten meiner Mutter und Schwester so vieles selbst genommen, so vieles mit feiner Sorgfalt untergebracht, daß Sie und Ihre Güte den Unterhalt meiner armen Familie vorzüglich bewirkt haben.

**Lindenstein.** Lassen wir das —

**Philipp.** Nein, das muß ich sagen, das weiß ich, das empfinde ich, und das soll die Stadt wissen; denn ich schäme mich nicht, für Lebens=

unterhalt der theuren Menschen öffentlich dankbar zu seyn.

**Lindenstein.** Aber alles dieß, lieber Reichenstein —

**Philipp.** Alles dieß, lieber Mann, hört nun
auf.

**Lindenstein.** Warum?

**Philipp.** Redlichkeit im strengsten Sinne, die
Sache und auch der Schein sind das einzige Capital armer Leute. Es muß unverletzt bleiben.

**Lindenstein.** Und wer verletzt es?

**Philipp.** Der Ruf, der Neid, die Menschen. Ich weiß nicht wer, ich weiß nicht in wie
fern — ich weiß nicht, ob jemand dazu Anlaß
gegeben hat; — aber ich muß Sie bitten, Ihre
Besuche einzuschränken.

**Lindenstein.** Reichenstein!

**Philipp.** Uns nichts mehr abzukaufen.

**Lindenstein.** Begreife ich Sie?

**Philipp.** Nichts mehr. Uns nicht mehr zu
sehen —

**Lindenstein.** Wie?

**Philipp.** Und entfernt von uns mit unsern
dankbaren Herzen fürlieb zu nehmen!

**Lindenstein.** Mein Gott! Aber ohne Auf-
klärung?

**Philipp.** Schweigen ist Dankbarkeit. Glauben Sie mir das.

**Lindenstein.** Sie, Ihr Haus und Ihrer aller Ruf sind über jeden Vorwurf.

**Philipp.** Aber nicht über die Lästerung.

Lindenstein. Lästerung? Wer hat —

Philipp. Forschen Sie nicht weiter nach.

Lindenstein. Nicht?

Philipp. Es ist Delicatesse von beyden Seiten. Ich bitte darum.

Lindenstein. In der That, das ist, das scheint mir — —

Philipp. Vergeben Sie, wenn ich Ihnen unangenehme Gefühle mache.

Lindenstein. In der That, das thun Sie.

Philipp. Ach, ich mußte es ja —

Lindenstein. Wahrlich, Sie geben mir ein sehr unangenehmes Gefühl.

Philipp. Herr Lieutenant —

Lindenstein. Und ich will es nicht verbergen.

Philipp. Das sehe ich.

Lindenstein. Ich habe Blut.

Philipp. Auch ich. Aber ich habe auch Pflichten gegen Sie, sanfte Pflichten.

Lindenstein. Ich habe Ehrgefühl.

Philipp. Ich weiß es.

Lindenstein. Auch mir kann Schein und Lästerung nicht gleichgültig seyn — Wenn ich auch von keinem andern Interesse reden will — ich kann Ihr Haus nicht so verlassen.

Philipp. Herr Lieutenant —

Lindenstein. Herr Reichenstein, muthen Sie mir das nicht zu.

Philipp. Kann ein edelmüthiger Mann mich so quälen?

Lindenstein. Kann ein Mann von Ehre mei=
ne so mißhandeln?

Philipp. That ich das? Kann ich das wollen?

Lindenstein. Es gibt Gefühle, über die wir
nicht hinaus können; und um einer Schimäre,
eines Geschwätzes willen lasse ich mich nicht aus
diesem Hause weisen, und von Ihnen gar nicht.

Philipp. Von Ihnen? Was soll das? Wer
bin ich Ihnen?

Lindenstein. Ein achtungswerther Mann;
aber unsere Bekanntschaft ist neu.

Philipp. Ich handle offen: ist das Ihnen
verdächtig?

Lindenstein. Sie handeln nicht offen.

Philipp. Das sagt mir der Mann, der öf=
fentlich der Wohlthäter meines Hauses ist, und
heimlich — O, lassen Sie mich doch dankbar
bleiben!

Lindenstein. Heimlich? Was! Was that ich
heimlich?

Philipp. Herr Lieutenant!

Lindenstein. Was that ich heimlich, Herr
Reichenstein?

Philipp. Ich bin Ihnen Dankbarkeit schuldig.

Lindenstein. Wenn ich heimlich etwas that
— heimlich etwas, warum mir dieß Haus ver=
bothen wird, so sind Sie mir nichts schuldig.

Philipp. Ihre Überzeugung rede!

Lindenstein. Sie redet, sie spricht mit Muth
und Selbstgefühl aus mir. Nun reden Sie, wenn

Sie der Ehrenmann sind, der Sie zu seyn vorgeben.

Philipp. Es ist genug des Wortspiels; Sie —

Lindenstein. Donner und — Herr Reichenstein!

Philipp. Sie mißbrauchen unser Schuldgefühl, und ich, damit ich nichts mißbrauche, bitte um Erlaubniß, mich zu entfernen.

Lindenstein. Mich hier stehen lassen, mich — mich — so — Herr, sind Sie ein Prahler oder ein Mann?

Philipp. Ich bin alles, was Sie in mir zu finden hoffen.

Lindenstein. Also um fünf Uhr?

Philipp. Ja.

Lindenstein. Wo?

Philipp. Wo Sie wollen.

Lindenstein. Degen?

Philipp. Degen!

Lindenstein. Ich hohle Sie ab.

Philipp. Ich erwarte Sie.

Lindenstein. Gut. Geht.

Philipp. Ach! es ist ein mühseliges Bißchen Leben auf der Welt.


## Dreyzehnter Auftritt.

### Philipp. Mad. Reichenstein.

M. Reichenst. Was hast du ihm gesagt?

Philipp. Liebe Mutter, was zur Sache diente.

**M. Reichenſt.** Er ging ſo heftig fort.

**Philipp.** Angenehm konnte es ihm nicht ſeyn.

**M. Reichenſt.** Aber — ich verlaſſe mich freylich ganz auf dich — aber war es auch unvermeidlich nöthig, den beſten Freund einem Gerüchte zu opfern?

**Philipp.** Es war nöthig.

**M. Reichenſt.** Ich denke nur —

**Philipp.** Mutter — ein armes Mädchen, wie unſere Wilhelmine — was hat die, als ihrer Hände Arbeit, Geſundheit, und ihres Rufes — Heiligkeit?

**M. Reichenſt.** Wer wird aber den auch antaſten —

**Philipp.** „Jungfer Lieutenantinn," haben Sie das vergeſſen? Nehmen Sie noch, daß ich einen Brief, den Lindenſtein an Wilhelminen durch eine alte Frau in der Kirche — Hören Sie das? überlegen Sie Zeit, Ort und Perſon! — den er ihr dort geben ließ, an ſeine Schweſter uneröffnet zurück geſandt habe.

**M. Reichenſt.** Dann haſt du Recht. Gott! iſt denn keine Güte ohne Eigennuz!

**Philipp.** So ſcheint es!

**M. Reichenſt.** Bleibt er denn nun auf ein Mahl weg?

**Philipp.** Er wird wohl noch — ein paar Mahl kommen! Mutter, ich muß an die Arbeit.

**M. Reichenſt.** Auch der weg? Nun bleibſt du mir noch allein!

**Philipp.** Allein? das wäre hart.

D

M. Reichenst. Und Franz und Wilhelmine. Aber du — du bist doch die Hauptsache. Ach, Gott erhalte mir dich.

Philipp. Und wär' auch ich nicht; es wäre doch nichts verloren — Liebe Mutter — so viele Leiden, so viele Tugenden, wie die Ihrigen, bleiben nie unvergolten. Diese Wahrheit soll mir Licht in Finsterniß geben, euch halten, wo ich keinen Boden mehr fasse, mich in eine bessere Welt geleiten, wenn ich von Ihnen scheiden müßte. Sie umarmen sich, und gehen zu verschiedenen Seiten ab.

---

# Dritter Aufzug.

## In des Hofraths Hause.

## Erster Auftritt.

Der Hofrath sitzt an einem Tische, und schiebt Geld in Rollen. Hernach Jakob.

### Hofrath.

Es mag denn kosten, was es wolle, so will ich doch das erreichen. Er klingelt.

Jakob kommt. Was befehlen Sie?

Hofrath. Nimm das Geld da. Es sind zwey tausend Thaler. Habe wohl Acht darauf, und trage es mit dem Billet zum Kammerjunker.

Jakob. Wohl!

Hofrath. Du wartest auf Antwort.

Jakob. Von dem Kammerjunker?

Hofrath. Wo schicke ich dich jetzt hin?

Jakob. Zu dem Herrn Kammerjunker.

Hofrath. Nun, wer kann dir also eine Antwort mitgeben?

Jakob. Der Herr Kammerjunker.

Hofrath. Dummkopf!

Jakob. Thut nichts: Wer fragt, geht recht.

Geht.

Hofrath. Ja, ja, es wird werden. Die werden die Augen aufreißen, die Collegen, und was so dazu gehört, wenn der **geheime Rath von** Reichenstein nach Hofe fährt.

## Zweyter Auftritt.

### Hofrath Reichenstein. Kammerrath Sidof.

Hofrath. Nun, mein theurer Freund, Sie sind mein Trost und meine Hoffnung! Was bringen Sie? Wie haben Ihre Excellenz meine Bittschrift aufgenommen? Darf ich denn hoffen? O ja! Wie steht's?

Sidof. Ha! so — so.

Hofrath. Nicht gut?

Sidof. Mit dem Titel, als geheimer Rath, wird es durchgehen. Aber mit dem Adel — da weiß ich nicht.

Hofrath. Es ist nicht möglich!

D 2

**Sidof.** Man las es — man sah sich an —
man legte es weg, und fing von etwas Anderm an.
Ich brachte es noch ein Mahl in Bewegung —
da meinte man, der Hofrath habe ja keine Kinder: für was er den Adel nachsuchen wolle?

**Hofrath.** Keine Kinder? Ey mein Gott!
deßhalb bin ich ja ledigen Standes geblieben.
Darum spare ich ja, seit ich lebe, placke mich,
wie der ärmste Kanzellist, daß ich es doch habe so
weit bringen wollen, um, wenn ich in den Adel
erhoben bin, mit Anstand und Glanz zu leben.

**Sidof.** Dann meinte man auch: die übrige
Familie, die Bruderskinder nähmlich, in ihrer
notorischen Armuth, paßten nicht wohl zum
Adelstande.

**Hofrath.** Darum müssen sie mir fort aus der
Stadt, es koste, was es wolle. Sie müssen fort,
die Taugenichtse.

**Sidof.** Hier sind zwey Wege: entweder, an
Ihrer Stelle nähm' ich den Titel, und ließe es
mit dem Adelsgesuche sein Bewenden haben;
oder ich —

**Hofrath.** Das kann ich nicht. Es ist mein
einziger Wunsch auf der Welt. Ich habe zeitle-
bens keine Leidenschaft gehabt, als die. Und nehmen Sie doch nur selbst, wie muß es einem redli-
chen Manne, der sich es hat sauer werden lassen,
zu Muthe werden, wenn er auf Promenaden,
wo die adeligen Dikasterianten überall zutreten
können, zurück bleiben muß? Wenn ein Jagen,
eine Musterung, oder so etwas ist, und man muß

vom Zelte weg bleiben, wo die gnädigste Herr-
schaft ist? Ach Gott, das geht an die Seele!

**Sidof.** Hm, man sieht es ja außer dem Zelte
auch.

**Hofrath.** Mein lieber Herr Kammerrath, das
sind Ehrensachen; da läßt sich in eines Andern
Seele nicht sprechen. Habe ich nicht noch vor
zwey Jahren bey so einer Occasion vor Gram ein
tödtliches Fieber gekriegt? Nun nehmen Sie fer-
ner — ich habe da den schönen Staatswagen für
zwey tausend Gulden gekauft. Wo soll ich ihn
denn brauchen? In den Garten, auf die Prome-
nade zu fahren? das geht doch nicht. Kann ich
aber darin zur Cour fahren, und er steht so zwi-
schen den andern Wagen da — — ja — wenn
ich daran denke — so — ich sage Ihnen, ich könnte weinen.

**Sidof.** Nun, wenn es Ihnen so am Herzen
liegt, dann haben Sie Recht, daß Sie es betreiben. Nur überlegen Sie auch vorher wohl, was
Sie für Ihr Geld kriegen.

**Hofrath.** A propos, dem Kammerjunker habe ich die zwey tausend Thaler geliehen: der kann
viel bey der Sache thun, wegen —

**Sidof.** Ganz richtig. Aber tafelfähig können
Sie doch nicht werden; das wissen Sie doch?

**Hofrath.** Nun, wer weiß. Ist es aber nicht,
so bin ich doch immer einen stärken Schritt vor-
wärts. Ich kann doch mit bis an's Tafelzimmer,
und mit den Andern wieder weg gehen.

Sidof. Wenn nur die Steuergeschichte nicht wäre! Sie wissen, wie der Herr ist, wenn er das hört —

Hofrath. Ich habe einen andern Referenten, und —

Sidof. Wenn nur der Herr nicht selbst die Acten begehrt!

Hofrath. Ich soll denn auch zu weit gegangen seyn! so —

Sidof. Potz — das will ich meinen.

Hofrath. War es denn aber nicht Eifer für's höchste Ärarium?

Sidof. Haben doch für's hohe eigene Ärarium was mit einfließen lassen. Und wie denn jetzt überall bey Kammer und Regierung das Menschlichkeitswesen eingetreten ist; da wird man nun sagen: Ihr Commissorium lautete nur auf die möglich einzubringenden Rückstände; Sie aber ließen Ofen aus den Stuben brechen, Betten, Wiegen und Vieh auf dem Markte verkaufen — Und dann noch so die Accessoria der Geschichte.

Hofrath. Nun, nun —

Sidof. Daß die Bauern Sie nur nicht erwischen! sie schlügen Sie mit der Staatscarosse, zumahl in der Frohnde, todt.

Hofrath. Ich gehe nicht mehr hinaus.

Sidof. Was aber die Familie anlangt, die aber wegen ihrer Armuth allerdings Hauptimpediment ist —

**Hofrath.** O die schaffe ich mir vom Halse. Da ist gesorgt.

**Sidof.** Ich, an Ihrer Stelle, gäbe ihnen ein Pensiönchen, nnd packte sie auf ein Walddorf.

**Hofrath.** Nicht einen Heller gebe ich.

**Sidof.** Ich meine nur —

**Hofrath.** Nicht einen Heller. Daß das Volk noch die Glorie hätte, mich gezwickt zu haben? Nichts! Ich habe ihnen die Miethe aufsagen lassen, und sie sollen mich fühlen. Der älteste Bursche hat ein seditioses Impressum heraus gegeben; das soll ihm den Hals brechen. Der andere muß mir Soldat werden. Nun, liebster Freund — hier sind noch dreyßig Louisd'or — in acht Tagen ist Galla. Kann ich da mit auffahren, so repetire ich die Portion.

**Sidof.** Wollen das Beste thun.

**Hofrath.** Gebe ich dann Tafeln, so sind Sie ein Mahl für immer eingeladen.

**Sidof.** Sub conditione, daß ich vorher den Küchenzettel sehe, ob auch etwa **mein** Tisch den Tag besser bestellt wäre.

**Hofrath.** Ach, ich dächte doch allemahl — daß ich —

**Sidof.** Hierin gehe ich sehr gern sicher. Denn ich kenne das: wenn die Externa vergrößert sind, werden gewöhnlich die Interna vermindert. **Sehen ab.**

# Dritter Auftritt.

### Bey Madam Reichenstein.

## Wilhelmine.

Was das wieder für ein trauriger Mittag war! der eine da hin, der andere dort hin, und die Mama allein. Ach, was wird noch aus uns werden — und aus mir? Ich bin doch übler daran, wie die Andern.

# Vierter Auftritt.

### Vorige. Mad. Reichenstein.

**M. Reichenst.** Du hast Franzen gesprochen?

**Wilhelmine.** Ja, Mama!

**M. Reichenst.** Warum hast du mich nicht gerufen?

**Wilhelmine.** Er war so traurig.

**M. Reichenst.** Der arme Junge!

**Wilhelmine.** Wenn er keine Stelle ausfündig machen könnte, und wenn der Kammerrath sich nicht bewegen ließe, wollte er gar nicht wieder kommen, sagte er.

**M. Reichenst.** Er ängstet mich.

**Wilhelmine.** Dabey klagte er und weinte, daß er so dumm wäre, und zu nichts taugte. Ich habe recht viel mit ihm geweint, und ihm meine Noth geklagt. *Sie setzt sich, als ob sie arbeitete; sie thut es aber nur, um Thränen zu verbergen.*

**M. Reichenst.** Deine Noth! Hätteſt du welche, mein Kind?

**Wilhelmine.** Wer hat die nicht — Nun hat uns auch noch der Wirth aufgeſagt, weil der Onkel nicht mehr bezahlen will; das iſt doch recht boßhaft. Ach, wenn wir doch den Papa hätten — und alles Geld — und könnten die Leute beſchämen, und Sie noch glücklich machen, und alle immer beyſammen bleiben.

**M. Reichenst.** Wie viele unter den Glücklichen müſſen nicht auch Lieblingswünſchen entſagen lernen! Wir aber müſſen noch williger entſagen, und dazu ſtille entſagen lernen.

**Wilhelmine.** Wenn ich nur nicht auch noch fort muß!

**M. Reichenſt.** Wenn es zu deinem Glücke wäre, mein Kind, ſo wollte ich mich darein finden.

**Wilhelmine.** Das würde ich aber niemahls können. Und wo ſollte ich denn hin? Käme ich zu einer Herrſchaft, wo eine böſe Mutter wäre, wie könnte ich das aushalten, da ich Sie kenne? Wäre eine gute Mutter da, ſo würde ich immer weinen, niemahls froh ſeyn, und immer an Sie, und nur an Sie — denken. Nein, ich muß hier bleiben.

**M. Reichenſt.** Nun ja, du biſt hier; du wirſt auch hier bleiben. — Du biſt aber doch nicht zufrieden: deine Seele iſt immer doch beunruhigt. Warum das?

**Wilhelmine.** Ach, liebe Mutter, was ſoll ich darauf ſagen?

M. Reichenst. Die Wahrheit.

Wilhelmine. Ja, ich bin traurig; ich suche alles auf, was mir noch Trauriges begegnen könnte; und wenn ich recht darüber weinen kann, so ist mir besser, so lange als ich weine.

M. Reichenst. Ist das auch recht?

Wilhelmine. Ich glaube es, denn ich kann nichts anders seyn.

M. Reichenst. Du bist nicht allein traurig; du bist auch unwillig.

Wilhelmine. Warum habe ich den Brief von Lindenstein nicht lesen sollen? und warum darf er nicht mehr kommen?

M. Reichenst. Den Brief von Lindenstein? Hm — was kann er dir geschrieben haben?

Wilhelmine. Das möchte ich eben wissen.

M. Reichenst. Ich will ohne Rückhalt mit dir seyn. Laß uns annehmen, er hätte dir geschrieben, „daß er dich liebe."

Wilhelmine. O, das würde mich so erfreut haben. Ich weiß nichts, das ich so wünsche, als daß er mich recht sehr lieb hätte. Ich glaube auch gewiß, daß das darin gestanden hat.

M. Reichenst. Ich glaube, daß es darin gestanden hat; aber wenn er — —

Wilhelmine. Nicht wahr, Sie glauben es auch? Und das habe ich nun nicht gelesen — und er kommt nicht wieder her.

M. Reichenst. Liebe Tochter, mit aller Zärtlichkeit für deine reine Seele, mit aller Sorge und mütterlichen Angst für dein Glück, frage ich dich — was hätte am Ende daraus werden können?

**Wilhelmine.** Ja, das weiß ich nicht. Aber wenn jemand daran denken muß, so hat Lindenstein gewiß daran gedacht.

**M. Reichenst.** seufzt. Vielleicht auch nicht.

**Wilhelmine.** Nicht? Sie seufzt. Aber Sie haben ja nie etwas Böses von ihm geglaubt; warum glauben Sie es denn heute? und warum glaube ich so viel Gutes von ihm?

**M. Reichenst.** Meine Tochter —

**Wilhelmine.** Haben Sie mir nicht immer gesagt: „Das Herz führt niemahls irre?" Mein Herz führte mich immer dahin, ihn gut und brüderlich zu finden. Bruder Philipp aber hat ihm gesagt, er sollte nicht mehr kommen. Nun muß er weg bleiben. Das ist gewiß nicht recht.

**M. Reichenst.** Verliere ich nicht auch dabey? Versage ich mir nicht auch? Man muß dem guten Rufe oft vieles opfern.

**Wilhelmine.** Es ist also um böser Menschen willen, daß die guten Menschen sich selbst quälen? Es mag wohl recht klug seyn; aber es ist sehr traurig.

**M. Reichenst.** Liebes Kind, vergiß ihn, weil es dir noch möglich ist.

**Wilhelmine.** Nein, Mutter, ich kann ihn niemahls vergessen, und ich darf ihn auch nicht vergessen.

**M. Reichenst.** Tochter!

**Wilhelmine.** Ich sage nicht, daß ich es will;

aber ich kann es nicht anders. Würde ich Sie vergessen? Werde ich Philipp oder Franz vergessen? Nun so kann ich auch ihn nicht vergessen. War er nicht Ihnen Sohn und mir Bruder, ehe Philipp von der Universität zurück kam?

M. Reichenst. Das ist wahr, und das sollst du niemahls vergessen.

Wilhelmine. Wenn er so da saß, und mit Ihnen weinte, und Stunden lang, Tage lang sich von dem seligen Vater erzählen ließ — oder las Ihnen vor, wenn Sie arbeiteten, und er lehrte mich Muster zeichnen — — ach, das waren schöne Tage! Sind wir denn jetzt glücklicher, weil er fort ist?

M. Reichenst. Mein Kind, beruhige dein Herz! Ich bitte dich, so sehnlich ich dich bitten kann — Laß mich nicht fürchten, daß dein Herz abwesend ist, wenn ich Trost in deinen Augen suche. Geht.

Wilhelmine. allein. Ach, ich bin doch recht unglücklich! Ich weiß gar nicht mehr, was ich machen soll. Meine Augen sind voll Wasser, und alle meine Gedanken sind bey ihm. Ach! Sie greift in die Tasche. Was schreiben wir denn heute? Den sechs und zwanzigsten May. Nun, den sechs und zwanzigsten May war ich also zum ersten Mahle unglücklich! — Die Mutter ist gut, und sieht alles wohl ein. Aber der Bruder? Du lieber Gott, er ist nicht bey uns gewesen. Er hat es nicht so gesehen, warum ich ihn lieb habe. Er hat ihn weg gehen heißen.

# Fünfter Auftritt.

## Vorige. Philipp.

**Wilhelmine.** Bruder, ich fürchte mich doch nicht vor dir.

**Philipp.** Liebe Seele, das sollst du auch nicht.

**Wilhelmine.** Ich will dir alles sagen, was ich meine.

**Philipp.** Das freut mich.

**Wilhelmine.** Ich habe Lindenstein so lieb, als dich.

**Philipp.** So hättest du mich sehr lieb.

**Wilhelmine.** Darum wollte ich, du hättest ihm nicht gesagt, daß er nicht mehr kommen soll.

**Philipp.** Nun habe ich es ihm aber gesagt.

**Wilhelmine.** *kurz.* Gereut es dich?

**Philipp.** *fest.* Nein.

**Wilhelmine.** Laß es dich doch gereuen! ich bitte darum.

**Philipp.** Wilhelmine, sey nicht kindisch!

**Wilhelmine.** O, das war ein böses Gesicht!

**Philipp.** Ich meine nur, daß ich von dir erwarte, was Ehre und Pflicht gebiethet.

**Wilhelmine.** Das thue ich ja; ich sage dir, was ich denke.

**Philipp.** Und ich sage dir, was ich will, daß du thuest. Du sollst ihn vergessen.

**Wilhelmine.** Nun bin ich unglücklich.

**Philipp.** Besser jetzt, als —

**Wilhelmine.** Nun fürchte ich dich.

**Philipp.** Wilhelmine —

**Wilhelmine.** Nun kommst du mir häßlich vor.

**Philipp.** Schwester, du thust mir wehe.

**Wilhelmine.** Nun darf ich nicht mehr von ihm reden.

**Philipp.** Rede oft von ihm mit mir.

**Wilhelmine.** Nicht mit dir; du hast ihn mir genommen. Aber —

**Philipp.** Mit wem willst du lieber reden?

**Wilhelmine.** Mit mir selbst. Nun will ich ganz für mich allein hingehen, und denken an ihn. Wenn ich gearbeitet habe, so will ich mich einschließen, und schreiben über mich und dich, und will dich anklagen — und wenn ich recht viel und lange geschrieben habe, so will ich's zerreißen. Aber alle Tage will ich es wieder neu schreiben. Das kann mir niemand verbiethen. Meine Gedanken sind mein, meine Thränen sind mein, mein Unglück ist mein! Aber alles Papier, was ich noch habe — das ist von ihm. Sie geht.

## Sechster Auftritt.

### Philipp allein.

An eine Heirath ist nie zu denken. Und was kann sonst daraus werden? Besser der erste Kummer, als der hernach kommen könnte! Unerfahrenheit und Leidenschaft auf einer Seite; Leiden-

schaft und Heftigkeit auf der andern — Unmög-
lichkeit auf beyden Seiten — Gott, was könnte
da noch über uns arme Leute kommen!

## Siebenter Auftritt.

### Philipp. Lieutenant Lindenstein.

**Lindenstein.** tritt ein, und geht gerade auf Philipp zu.
**Philipp.** sieht ihn fest und kalt an.
Eine kleine Pause.

**Lindenstein.** störrig. Es ist noch nicht fünf
Uhr.

**Philipp.** kalt. Daran dachte ich eben.

**Lindenstein.** abgewandt. Nun — das — das
wird ja wohl einerley seyn.

**Philipp.** Wie Sie wollen. Ich hohle nur meinen Degen, und bin gleich bey Ihnen. Geht ab.

## Achter Auftritt.

### Lieutenant Lindenstein allein.
Geht heftig auf und ab.

Hochmüthiger Mensch! Er steht stille. Ich
müßte denn — — Er geht nachdenkend auf und
nieder; auf ein Mahl steht er stille. Nein, nein! ich kann
nicht — und ich will nicht. Ich muß ihn
beugen.

## Neunter Auftritt.

### Philipp kommt zurück, den Degen an der Seite.
### Lieutenant Lindenstein.

**Philipp.** Da bin ich.
**Lindenstein.** Es ist gut.

**Philipp.** Gehen wir —

**Lindenstein.** Darauf können Sie sich verlassen, mein Herr!

**Philipp.** Sie sind als ein Mann von Herz bekannt — uud der den Degen gut führet.

**Lindenstein** *stutzt.* Können Sie nicht fechten?

**Philipp.** Ich fechte gut.

**Lindenstein.** Nun, was stehen wir denn hier?

**Philipp.** Ich erwarte, daß Sie —

**Lindenstein.** Gleich. — Sie haben für gut gefunden, einen Brief, den ich an Ihre Schwester geschrieben habe, durch meine Schwester mir zurück zu schicken.

**Philipp.** Ja, das habe ich für gut gefunden.

**Lindenstein** *ruhig.* Sagen Sie mir, ob der Brief die Ursache ist, warum ich nicht mehr kommen soll!

**Philipp.** Zum Theil.

**Lindenstein** *gutmütig.* Hier ist der Brief. *Er hält ihn hin.*

**Philipp.** Der Brief ist da, wo er hin gehört.

**Lindenstein** *beleidigt.* Sie glauben, daß es nicht der nähmliche wäre? Wie?

**Philipp.** Ich will über diesen Brief nichts glauben.

**Lindenstein.** *heftig.* Halten Sie mich für einen Mann von Ehre?

**Philipp.** Das Geschäft, wozu Sie mich fordern, sagt, wer Sie sind.

**Lindenstein** *sanft.* Lesen Sie diesen Brief.

**Philipp.** An meine Schwester?

**Lindenstein.** Ja.

**Philipp.** Den lese ich nicht.

**Lindenstein** gekränkt. So glauben Sie auch, daß dieser Brief nicht der vorige ist?

**Philipp.** Nein. Aber ich bleibe bey meinen Grundsäßen.

**Lindenstein** aufbrausend. So sey's denn, eigensinniger — hochmüthiger Mensch! Kommen Sie.

**Philipp.** Ich folge.

**Lindenstein** geht einige Schritte, bleibt stehen, schlägt die Arme unter. Reichenstein!

**Philipp.** Worauf warten Sie?

**Lindenstein** ernst. Nur einige Nachgiebigkeit —

**Philipp** fest. Das Nachgeben ist nicht an mir.

**Lindenstein.** Ich bin gut. Mein Herz hängt an diesem Hause, mein Herz ist zerrissen. Aber das soll doch kein Mensch mißbrauchen; dafür stehe ich. Meine Ehre geht über alles.

**Philipp** bitter. Das sehe ich.

**Lindenstein** heftig. Ich will mich nicht wegwerfen!

**Philipp.** So erheben Sie sich, und kommen Sie!

**Lindenstein.** Kein Wort mehr! Wohin gehen wir?

**Philipp.** Wo Sie wollen.

**Lindnestein** geht.

**Philipp.** Nur eins noch.

**Lindenstein** kehrt um.

**Philipp.** Falle ich, so —

**Lindenstein.** Ich bin kein Mörder.

**Philipp.** Falle ich, so verlaffen Sie meine Mutter, meinen Bruder und meine Schwester nicht. Aber —

**Lindenstein.** Nun so lebe denn, und laß uns Brüderforge theilen.

**Philipp** mit ausbrechendem Schmerz. Das kann ja nicht seyn.

**Lindenstein.** Mensch, du treibst mich zur Verzweiflung! Liebe — Haß — Bewunderung — Abscheu — Achtung — Schmerz und Zorn; alles wechselt in mir. Dann möchte ich dir um den Hals fallen — dann kocht mein Blut. Ende — ehe ein krampfhafter Griff mich an den Degen führt, und Seligkeit zernichten läßt, die ich nicht wieder schaffen kann. Laß unsere Herzen oder unsere Degen an einander gerathen.

**Philipp** sanft. Mein Herz war nie von dir getrennt.

**Lindenstein** gerührt. Ist das gewiß?

**Philipp.** Ich habe es gesagt.

**Lindenstein.** So haben wir denn keinen Gang vor, und ich bleibe hier, wie zuvor!

**Philipp.** Nein, du bleibst nicht hier. Dein Hierseyn stiftet Unglück, so oder anders.

**Lindenstein** getroffen. Ich soll doch fort?

**Philipp.** Ach Gott!

**Lindenstein** heftig. Wie?

**Philipp** zuckt die Achseln.

**Lindenstein.** Nun, wenn ich denn fort soll,

wenn die Regungen dieses guten ehrlichen Her=
zens mit Gewalt gemißhandelt werden sollen;
so gehe ich. Ich komme nicht wieder. Ich sage
dir, ich komme nicht wieder. Aber ich gehe jetzt
doch wohl nicht allein aus dem Hause?

**Philipp** geht an die Thür.

**Lindenstein.** Was hast du für einen Degen?

**Philipp.** Den meinen.

**Lindenstein.** Ich will ihn sehen.

**Philipp** kommt zurück. Sind meine Waffen be=
denklich?

**Lindenstein.** Ich darf, hoffe ich, den Degen
sehen, der gegen mich gebraucht werden soll?

**Philipp.** Allerdings. Reicht ihn mit der Scheide
hin.

**Lindenstein.** Ein Galanteriedegen. Ein elen=
des Ding. Er zieht ihn. Ein Ding, das in der Luft
zerbricht. Er schlägt damit in die Luft. Man muß sei=
nes Lebens mit Gewalt los seyn wollen, um den
Degen im Duell zu brauchen. Mein Officiers=
degen ist zu schwer gegen diesen. Er biegt und zer=
bricht ihn. Ein Ding von nichts. Er wirft Scheide und
Gefäß weg.

**Philipp.** Sie machen sich ohne Noth eine
Ausgabe.

**Lindenstein.** Sie sind ohne Waffen. Höflich.
Sie sehen also, es ist für heute nichts.

**Philipp.** Ach, Lindenstein, wie lange wollen
Sie mich Ihrer seltsamen Laune aussetzen?

**Lindenstein.** Nun, wie soll ich's denn ma=
chen, daß ich mich an deinen Hals werfen kann?

**Philipp.** } Ach Gott, da bin ich!
**Lindenstein.** } Entsetzlicher Mensch!
Sie stürzen einander in die Arme.

**Lindenstein.** Einen so guten Kerl so zu quälen!

**Philipp.** Eines armen Menschen Ehre so zu reißen!

**Lindenstein.** Es ist nun so, wenn man den Rock trägt. Ach, ich bin dir so unaussprechlich gut! — Da — lies jetzt den Brief — Nein — jetzt nicht. Er enthält eine gute Handlung von mir. Jetzt zweifelst du nicht mehr, und ich kann nicht prahlen.

**Philipp.** Gib Antwort auf eine Frage, die ich an meines seligen Vaters Stelle thun muß!

**Lindenstein.** Frage!

**Philipp.** Liebst du meine Schwester?

**Lindenstein.** Unaussprechlich.

**Philipp.** Du hast es ihr gesagt?

**Lindenstein.** Nein.

**Philipp.** Geschrieben?

**Lindenstein.** Nie.

**Philipp.** Du kannst sie nicht heirathen; denn dein Vater ist reich, und sie ist —

**Lindenstein.** Ich will's, so bald mein Vater —

**Philipp.** Binde dich nicht, sey frey — Das Mädchen liebt dich unaussprechlich. Aber sie leidet, um deiner Besuche willen, durch Schurken an ihrem Rufe. Sey also großmüthig genug, nicht mehr zu kommen.

**Lindenstein.** Sie liebt mich?

**Philipp.** Von ganzer Seele.

**Lindenstein.** Ach, sie liebt mich!

**Philipp.** Nun sey Mann von Ehre und — Güte. Nun übernimm Du den Schmerz der Trennung, daß nicht diese schöne Blüthe unter uns hinwelke.

**Lindenstein.** O, mein Bruder! Er umarmt ihn. Mit welcher unheilbaren Wunde soll ich dich verlassen?

**Philipp.** Lindenstein! du bist kein gewöhnlicher Liebhaber; dich freuen nicht des Mädchens Thränen und ihr nahmenloser Jammer. Dir sind Mutter und Bruder werth; dir ist des Mädchens Ruf und Ehre werth.

**Lindenstein** ermannt. Ja. Pause. Ich will verbluten. Er steht mit untergeschlagenen Armen, den Blick an den Boden geheftet, da.

**Philipp.** Sind einst die Hindernisse gehoben, so ist der Tag, an dem ich dir meine Schwester zuführen kann, der schönste meines Lebens. Denn habt ihr euch theuer erworben. Bis dahin, denke — harren und tragen — ist Mannes Tugend!

**Lindenstein.** Wir sind Brüder durch diese Stunde! Er biethet ihm die Hand.

**Philipp** gibt ihm die seine. Brüder! Sie umarmen einander, und gehen umarmt fort.

---

# Vierter Aufzug.

### Bey Madam Reichenstein.

## Erster Auftritt.

Mad. Reichenstein, die mit Nähen beschäftigt ist. Wilhelmine. mit einem Packet in großem Quartformat.

### Wilhelmine.

Mama — da ist jemand von der Post —

Mad. Reichenstein. Was bringt er?

Wilhe'm. Da, ein großes Packet an Philipp.

M. Reichenst. An Philipp?

Wilhelmine. Ja. Was das nur seyn mag?

Mad. Reichenst. Ich weiß es nicht. Bringe es ihm hin.

Wilhelmine. Ja. Geht langsam an die Thür. Aber —

M. Reichenst. Nun?

Wilhelmine kommt zurück. Das Porto.

M. Reichenst. Ja so!

Wilhelmine. Der Mann ist noch vor der Thür.

M. Reichenst. Wie viel macht es?

Wilhelmine. Einen Gulden.

M. Reichenst. Das ist viel.

Wilhelmine. Ich will's dem Bruder sagen. Geht.

M. Reichenst. Warte noch.

Wilhelmine. Der Mann —

M. Reichenst. Ja er soll — *Sie nimmt ihr Geld heraus.* Dein Bruder hat kein Geld mehr; er hat alles in's Haus hergegeben; ich will — *Sie zählt.* Aber was ich habe, reicht nicht zu — *Sie zählt wieder.* Es reicht nicht zu.

Wilhelmine. Fehlt denn viel?

M. Reichenst. Acht Groschen.

Wilhelmine. O das ist schön, das ist schön! *Sie läuft fort.*

M. Reichenst. *ruft ihr nach.* Wilhelmin e!

Wilhelmine *im Gehen.* Gleich, gleich, Mama!

M. Reichenst. Wie gern wollte ich um das Ende der Unglückstage bethen, wenn meine guten Kinder nicht wären!

Wilhelmine *kommt wieder.* Sehen Sie, da ist das neue Achtgroschenstück, das er mir an meinem Geburtstage geschenkt hat; nehmen Sie es dazu. *Sie gibt es ihr.*

M. Reichenst. *gerührt.* Wilhelmine!

Wilhelmine. Macht es nun einen Gulden?

M. Reichenst. Ja, mein Kind!

Wilhelmine. Ach, wie froh bin ich nun, daß ich das Band gestern nicht gekauft habe! *Sie geht hurtig mit dem Gelde ab, und kommt gleich wieder.* Er ist bezahlt, Mama!

M. Reichenst. *steht auf, und umarmet sie.* Und ich auch.

Wilhelmine. Sie —

M. Reichenst. Für jede Sorge, die ich um dich gehabt habe — reich belohnt, durch dein Herz.

**Wilhelmine.** Ach wie ist das so schön, wenn Sie mit mir zufrieden sind! Mein Gott, was macht doch nur der Onkel mit dem blanken kalten Gelde in seiner Schublade! Der könnte erst recht vergnügt seyn, wenn er wollte!

# Zweyter Auftritt.

### Vorige. Philipp.

**M. Reichenst.** Mein Sohn — da ist ein Brief an dich!

**Wilhelmine.** Mit Erlaubniß, es ist ein Pacfet, Sie giebt es ihm.

**Philipp** besieht es.

**Wilhelmine.** Du bist doch recht glücklich, daß du oft Briefe kriegst. Ich habe erst Einen Brief in meinem Leben gekriegt, und den habe ich wieder hergeben müssen.

**Philipp** öffnet und liest.

**Wilhelmine.** Und daran kannst du lange lesen, du glücklicher Mensch! denn es ist viel.

**Philipp.** seufzt.

**Wilhelmine.** Schreibt man dir auch, daß man dich liebt? — Wenn das ist, so will ich dir's aufheben. Zu ihrer Mutter. Und dann zeige ich es ihm nicht eher, als bis er verdrießliche Gesichter macht — Da schleiche ich mich hinter ihn, und halte es ihm dicht vor's Gesicht, daß er auf ein Mahl liest —,,Ich liebe dich;" da muß er doch wohl freundlich seyn. Zu ihrem Bruder: Und wenn

du dann einmahl recht froh darüber bist, so sage
ich — „Jetzt gib mir auch meinen Brief wie=
der, daß ich das auch lesen kann." Thust du es
nicht, so wirst du verklagt; denn ich weiß die
Adresse deines Herzens. Nun — gib her!

**Philipp.** Was kostet der Brief?

**M. Reichenst.** Einen Gulden.

**Philipp.** Ey, ey, das ist viel Geld für den
Inhalt.

**M. Reichenst.** Von wem ist er?

**Philipp.** Von dem Buchhändler. — Liest:
„Mein Herr, Ihr Werk hat großes Verdienst
„und seltenen innern Gehalt. Aber man liebt
„die ernsten Sachen nicht; zudem ist Ihr Nahme
„nicht bekannt. Wollen Sie nicht lieber ein
„Schauspiel schreiben, was gegen bisherige
„Sitten und Verhältnisse angeht, was Mißhei=
„rathen empfiehlt, oder so dergleichen? Oder
„einen Roman, oder eine Reisebeschreibung?
„So etwas geht reißend ab. Nur viel Handlung
„darin! Aus motivem Stufengange macht man
„sich nichts mehr. Man will nicht überzeugt,
„man will nur gepackt seyn. Wie? das ist gleich
„viel. Beykommendes Werk kann ich nicht brau=
„chen."

**M. Reichenst.** Du armer Junge!

**Philipp.** — Ich habe ein halbes Jahr recht
fleißig daran gearbeitet!

**M. Reichenst.** Philipp, das betrübt mich
unbeschreiblich; das Werk ist so wahr und vor=
trefflich.

**Philipp.** Ja, es ist nun so. Wer hat den Gulden bezahlt?

**Wilhelmine.** Die Mutter.

**Philipp.** Ich muß heute schon Ihr Schuldner bleiben.

**M. Reichenst.** Weil ich der deine bin. Aber der Buchhändler? Man kann doch nicht wahrer und schöner über Gegenstände schreiben, welche der Menschheit so nahe liegen. Und wie dich so etwas niederschlagen muß!

**Philipp.** gibt das Manuscript seiner Schwester. Da hast du Papier zu Haubenmustern!

**M. Reichenst.** Wenn du nur nicht für uns zu sorgen hättest!

**Philipp.** So hätte ich andere Sorgen. Vielleicht Sorgen, die mich austrocknen würden. Diese Sorgen geben Würde und Muth.

**M. Reichenstein.** Aber —

**Philipp.** Seyn Sie ruhig darüber. Ein Mensch, der denkt und empfindet, kann nie ohne Sorgen seyn.

## Dritter Auftritt.

### Vorige. Kammerrath Sidof.

**Sidof.** Nun, ihr Leute, ihr kostet mich heute viel. Kein Geld, aber Zeit. Meine Zeit trägt immer Geld; also erkennt es nur!

**Wilhelmine.** Der Bruder ist recht fleißig; aber das trägt ihm nichts ein, ob er schon den ganzen Tag arbeitet.

Sidof. Ihr einfältigen Leute! Daß man den ganzen Tag arbeitet, das trägt nichts ein. Aber wenn man zur rechten Zeit im Tage arbeitet, das macht reich.

M. Reichenst. Die rechte Zeit im Tage —

Sidof. Ist, wenn uns die Leute brauchen.

Philipp. Aber wenn ich —

Sidof. Was vorher oder nachher geschieht — heißt, die Waare unter dem Einkaufspreise gegeben, nimmt den Credit, und ist ein verderblicher Haushalt mit dem Ingenium, das uns verliehen ist. Ja, ich wollte, ich hätte die Zeit dazu, so möchte ich wohl einmahl ein Tractätchen vom rechten Tempo für junge Menschenkinder im Drucke ausgehen lassen. Nun zur Sache!

Philipp. Die ist?

Sidof. Habe ich heute Zeit auf euch gewendet, so wenden Sie jetzt einmahl Geduld auf mich; dann soll quittirt seyn.

M. Reichenst. Wie so?

Sidof. Mein Text ist — periculum in mora. Erst kommt eine fatale Nachricht, Ihren Bruder betreffend —

Philipp.       ⎱ Geschwinde sagen Sie!
M. Reichenst. ⎰ Meinen Franz?

Sidof. Nicht davon gelaufen, nicht gewüthet und das Maul gebraucht, wenn's heraus ist! Stand gehalten; denn nachher kommt noch eine üble Nachricht für Sie.

Wilhelmine. O mein Gott!

Sidof. Und wenn beyde gesagt sind, will ich den Vorschlag thun, für den ich Geduld fordere.

Philipp. Ich erwarte alles; reden Sie!

Reichenst. Was ist mit Franz? — Ich bin mehr todt als lebend.

Sid. Die mütterlichen Sensationes müssen auf stilles Weinen eingeschränkt seyn; das Kind da muß schweigen und zuhören, oder hinaus gehen; es will nicht geklagt, es will gethan seyn.

Philipp. Ich verbürge das. Zur Sache!

Sidof. Nun dann: der Onkel ist ein Narr? Concedo. Ein gereizter Narr ist ein böser Narr; ergo, geht man ihm aus dem Wege. Gehet ihr nicht aus seinem Wege, so wirft er euch heraus. Also rathe ich, geht aus dem Wege, und sucht das, daß ihr es thut, euch bezahlen zu lassen.

Philipp. Das verstehe ich nicht.

Sidof. Der Onkel will nun mit Gewalt Edelmann werden —

Philipp. Ein närrischer Narr.

Sidof. Jetzt kommt der böse Narr. Damit nun auf dem Wege dahin alles wohl conditionirt aussehe, so will er den Franz wegnehmen lassen, und zum Soldaten machen.

Philipp. Donner und Wetter!

M. Reichenst. ⎱ Meinen Franz?
Wilhelmine ⎰ Ach du armer Junge!

Sidof hastig. Still! Ich habe mehr zu reden.

Philipp. Nein, ich habe genug gehört. will fort.

M. Reichenst. Ach geh, eile! Thu aber —

**Sidof.** Nichts soll er thun. Hat ihn gehalten. Steh' still — gescheider Kerl, daß du nicht Dummkopfsstreiche machst. Still! weiter! Sie hat er, fürchte ich, durch eine pfiffige Direction fremder Pfoten auch in den Händen.

**Philipp.** Mich?

**M. Reichenst.** — Franz — Philipp! Meine Kinder, meine Hoffnung, mein Alles. Ich will hin, ich will ihm zu Fuße fallen, ich will —

**Philipp.** Nein, Mutter —

**Sidof.** Für einen Mann seiner Art ist ein Fußfall nur ein etwas tieferer Knir, als gewöhnlich. Ja, Sie hat er in Händen. Ihr Buch, Ihres Vaters Ehrenrettung, hat böse, die böseste Wirkung gethan. Die alten Justizherren sagen, es ist nicht de consuetudine — die im Mittelalter, die damahls, als Ihr Vater verurtheilt ward, das jüngste Gericht ausmachten, wollen sich nicht den Armensünderkittel anthun lassen, den Sie ihnen in dem Buch anlegen; die allerjüngsten brüllen am lautesten, weil ihnen Ihr Talent im Wege ist. Die jungen Weiber schreyen mit, weil Sie ihnen nicht die Cour machen; alte Weiber und Fräulein sagen, Sie gingen nicht zur Kirche. Der müßige Plebs von Kaffeehäusern und Wirthstafeln erklärt, daß Sie ein böses, schlechtes Herz hätten; der Präsident hat den mouchirten Rock auf dem Herzen. Ihre Armuth macht Sie inconsequent für alle Welt — Ob Sie sacrificirt werden oder nicht, da krähet kein Hahn darnach —

Kurz, wenn Sie sich nicht dem Onkel in die
Arme werfen — halte ich Sie für einen verlor-
nen Mann. Pause.

M. Reichnest. Ich zittere und bebe — Rede
du zuerst, mein Sohn!

Philipp. Was heißen Sie verloren seyn?

Sidof. Wenn man zur Cotrection eine Weile eingesteckt, oder zur Stadt hinaus gewiesen
seyn wird.

Philipp. Was habe ich gethan?

Sidof. Die Rede ist nicht davon, sondern
von dem, was man will, daß Sie gethan haben sollen.

Philipp. Was heißen Sie, mich dem Onkel
in die Arme werfen?

Sidof. Wenn Franz Soldat wird, erstens;
dann —

Philipp. Nein, nein, und abermahl nein!

Wilhelmine. Recht so, Bruder!

Philipp. Dahin gehört der Junge nicht, dahin will er nicht; und also soll er es auch nicht.
Seine Einfalt, seine Weichheit, seine Armuth
schließen ihn von einem Stande aus, worin man
Festigkeit, Einsicht und Glück haben muß, um
etwas zu erreichen. Schreibe, rechne er, so mahlt
seine Hand nach, was Andere geschaffen haben,
und sein mechanischer Fleiß wird ihn weiter
bringen. Ich will gleich —

Sidof. Nun ja, jetzt ist er noch bey mir.
Er wird wieder hierher kommen, das garantire
ich. Wenn der Onkel auch einen Gewaltsstreich

auszuüben im Stande ist, werden Sie ihn im= mer wieder los kriegen. Aber wozu? Soll er wieder Livree tragen, wie bey mir?

**Philipp.** Gut, wenn es ohne das geht. Geht es nicht anders, so sey es so; denn fort bringen, sich durch sich fort bringen soll er jetzt — Ha, der schändliche Onkel!

**Sidof.** Wir müssen ihn doch brauchen.

**Philipp.** Niemahls! Eher sterben, eher —

**Sidof.** He he! da sitzen noch Leute —

**Philipp.** Nun, was sollte ich denn noch thun?

**Sidof.** Nun denn, zum Onkel gehen, pro forma sich ein wenig reumüthig stellen, und ge= gen eine Pension mit der ganzen Familie hier weg ziehen, ehe der Tanz angeht.

**Philipp.** Ist das alles?

**Sidof.** Ja.

**Philipp.** So seyn Sie versichert, daß ich eher mich hinrichten lasse, als von hier weg zu gehen; viel weniger werde ich den Onkel anreden.

**Sidof.** Nun — dixi! Thut nun, was ihr wollt. Aber das sage ich Ihnen, nun und nim= mermehr kommen Sie in unserer Stadt auf ei= nen grünen Zweig. Ihr loser Mund —

**Philipp.** Wie oft muß ich diese Lächerlich= keiten des Knabenalters so nennen hören!

**Sidof.** Diese Lächerlichkeiten des Knaben= alters werden Sie bis in's Grab verfolgen.

**Philipp.** O, so ist die Welt — wirklich böse.

**Sidof.** Neidisch ist die Welt; erzneidisch. Ist jemand, den Ihr Talent ärgert, so wird er

Ihr Talent loben, aber Ihr Herz schlecht heißen, um so Ihr Talent zu untergraben. Der Witzling ist von Allen verfolgt, die zu schwer oder zu fromm sind, um selbst Witz zu haben.

**Philipp.** Was mich betrifft, so will ich alles abwarten.

**Sidof.** Ich thäte das nicht.

**Philipp.** Man muß mich doch fragen, hören; dann werde ich reden.

**Sidof.** Und dann? Du lieber Himmel! als ob es keine Mittel gäbe, die kräftigste Sache hektisch zu machen! Dann kommt der Collegialweg der Sache. Das ist dann der eigentliche subtile Todtschlag, und Sie sind geliefert.

## Vierter Auftritt.

### Vorige. Ein Kanzleybothe.

**Kanzleybothe.** Wohnt hier Herr Reichenstein?

**Philipp.** Ich bin's.

**Kanzleybothe** übergibt ihm ein Papier.

**Philipp** liest, und gibt es dem Kammerrath.

**Sidof** liest.

**Philipp** zum Bothen. Es ist ganz gut.

**Kanzleybothe.** Sechs Groschen pro insinuatione.

**Philipp.** Ja so — — — Er sieht seine Mutter an, die durch Pantomime sagt, daß sie es nicht hat. Mein Freund — wir haben kein Geld — da ist ein

Pack altes Papier, wie hoch rechnet Er den? *Er gibt ihm das Manuſcript.*

**Sidof.** Was iſt —

**Philipp.** Pro inſinuatione — daß ich Stadtarreſt habe, ſechs Groſchen.

**Sidof** *giebt ſie, und nimmt das Papier. Der Kanzleybothe geht.*

## Fünfter Auftritt.

### Vorige ohne Kanzleybothen.

**Sidof.** Ein Manuſcriptum gegen ſechs Groſchen hin zu geben! Haben Sie denn gar keine Barſchaft?

**Philipp.** Gar kein Geld. Dieſe Auslage aber wird Ihnen morgen erſetzt ſeyn. Denn morgen, vielleicht heute noch, habe ich für eine Arbeit Geld einzunehmen.

**Sidof.** Brauche es nicht vor Ende des Monaths, wo ich meine Rechnungen ſchließe.

**M. Reichenſt.** Ach, mein Sohn! und du haſt Hausarreſt?

**Philipp.** Wegen meines Vaters Ehrenrettung! Ach, ich möchte dieſes Decret auf die Bruſt häften, und jedem, der mich angafft, ſagen: „Es iſt das Ordenszeichen des Muths, der Ehre, der kindlichen Liebe!”

**Sidof.** Ein böſes Maul — aber ein braves Herz. Ja, hätte ich von des Onkels Narrheit nicht ſo große Einnahme, ich möchte ihm die

Meinung sagen. Aber so — sehen Sie wohl selbst, kann ich nicht. Nun, ich gehe, und will den Franz herschicken.

**M. Reichenst.** Eilen Sie, ich bitte Sie; mit mütterlicher Angst bitte ich Sie.

**Sidof.** Wohl, wohl! Aber — ich sage es noch ein Mahl — präcaviren Sie sich — und denken Sie immer — daß wegen des Buches das Schlimmste noch nachkommen kann; denn alle Zungen sind gegen Sie! *Geht, Wilhelmine be= gleitet ihn.*

## Sechster Auftritt.
### Mad. Reichenst. Philipp.

**Philipp.** Und gegen alle Zungen ist mein Herz für mich.

**M. Reichenst.** Was soll ich dir sagen? Ich ehre deinen Muth, dein Herz — aber ich fürch= te für dein Glück.

**Philipp.** Soll ich unterlassen, was meine Überzeugung, meine Pflicht gebiethen? Soll ich entweichen, weil mein Vater unglücklich war? weil wir arm sind? Soll ich kriechen, weil mein Onkel ein Bösewicht ist? Niemand kann mich verachten, so lange ich selbst mich achten kann. Glücklich werde ich wohl nicht — aber Brot können die Hände eines gesunden Mannes im= mer erwerben. Kann ich Ihnen auch nicht **mehr** verschaffen, liebe Mutter — so essen wir **das** doch mit der Würde des Bewußtseyns.

M. Reichenst. Woher wirst du endlich noch Standhaftigkeit und Muth nehmen, mein Sohn?

Philipp. Wenn diese Arme mich segnend umfassen — wenn hier Ruhe ist — so bin ich reich.

M. Reichenst. Du erhebst mich und beschämst mich. Es kommt jemand; ich will mit diesen verweinten Augen nicht da bleiben. Geht.

## Siebenter Auftritt.

### Philipp. Lieutenant Lindenstein.

Lindenstein. Auf meinem Gesichte muß Sorge und Bekümmerniß liegen — also keine Vorrede, wo das Übrige schon spricht. Dein Buch hat alle Welt —

Philipp. Ich weiß es.

Lindenstein. Du wagst wirklich, wo du hier bleibst. Man hat darauf angetragen, es als eine aufrührerische, lästernde Schrift zu verbrennen, und dich einzusetzen.

Philipp. Dann muß ich beweisen, daß ich Wahrheit sprach; und das wünsche ich.

Lindenstein. Wenn man dich nicht dahin kommen läßt, wenn —

Philipp. Wenn eine höhere Hand die Bösewichter zu Schanden machen will? Wenn der, der mir Gefühl für Pflicht gab, mich schützen will? Was habe ich zu achten! Lindenstein, ein Unglücklicher auf der letzten Stufe — hat

Majestätsrechte, und göttliche Kraft seines un-
sterblichen Geistes wirkt dann aus ihm. Laß mich
den Augenblick erwarten, und fest bleiben!

**Lindenstein.** Es ist bey Gott schlimmer, als
du glaubst; ich kann dir es nicht verbergen!

**Philipp.** Das sehe ich. Ich sehe, daß du fast
zitterst — Wie sehr mußt du mich lieben! wie
schön ist es, solche Freunde zu verdienen! Wer
von meinen Verfolgern hat eine Seele, die in
der Zeit der Noth sich so an ihn schließt! Wie
mich das erhebt! wie mir dieß Vertrauen auf
meinen Werth gibt!

**Lindenstein.** Brauchst du Geld?

**Philipp.** Nein. Aber wenn etwas schlimm
gehen sollte, und meine Mutter sollte brauchen
— so hat sie ja einen Sohn in dir; dir übertrage
ich meine Pflichten, und bin nun gefaßt auf Alles.
Sie gehen.

Straße.

# Achter Auftritt.

## Herr Frühberg

in ärmlichem Reiseanzuge.

Wie sich alles geändert hat! — Ich bin so
beklemmt; mein Blut ist in heißer Wallung —
und meine Kniee wollen mich kaum noch tragen!
Ach, die Freude, womit ich her geeilt bin, ist
fast weg; ich bin kleinmüthig. Wie mache ich es

nur? wen frage ich? Gerade hin gehen? das kann ich nicht. Was werde ich hören? Da geht eine Thür auf. —

## Neunter Auftritt.

### Herr Frühberg. Kammerrath Sidof. Franz.

**Franz.** Ist es denn unmöglich, daß Sie mich behalten? ganz unmöglich?

**Sidof.** Ganz unmöglich!

**Franz.** Und mein seliger Vater, der Ihr Jugendfreund war!

**Sidof.** Sein Onkel will durchaus nicht. Er drohet mir mit Klage, wenn ich es thue. Ich kann mich nicht mit dem überweisen! Nun, Er ist ein junger Bursche, der ja nicht an die Stadt und das Land copulirt ist! Ich will Ihm Recommendationsbriefe geben; aber ich kann Ihn nicht nehmen.

**Franz.** Sehen Sie, es liegt mir alles und alles daran, daß ich mich doch endlich einmahl selbst unterbrächte. Mein Bruder hat schon so viel gethan, und ich noch gar nichts.

**Sidof.** Nun Gott befohlen. Geht hinein, und macht das Haus zu.

## Zehnter Auftritt.

### Vorige ohne Kammerrath. Sidof.

**Franz.** Ach, um so eine Stelle bettelt wohl niemand! Mir wird sie versagt. O Gott!

**Frühberg.** Der Mensch weint : was mag ihm fehlen?

**Franz.** Was soll ich machen? Heim gehen zu meiner Mutter, ohne Brot — ich allein gar nichts verdienen können? Wenn mir doch Gott eingäbe, was ich thun soll! *Er geht heftig auf und ab.* Ja, ich will fort — In der Fremde sind vielleicht gutherzigere Menschen. Gute Nacht, Vaterland, Mutter, Bruder und Schwester! Ach, du gute Wilhelmine, was wirst du sagen? Und meine Mutter, wenn der Platz am Tische leer ist, und sie weiß nicht, wo ich bin! Ach, wie oft wird sie die Hände nach ihrem Franz ausstrecken, und in den Himmel hinauf weinen! Aber ich muß fort! sie läßt mich sonst nicht; und ernähren kann sie mich doch nicht. Ich muß fort, ohne wieder nach Hause zu gehen. Den Rock da, den will ich schon wieder her schicken. Gott wird mir helfen. Mein Herz ist zerrissen; ich weiß nicht wohin — Da — ja, da will ich gerade zum Thore hinaus gehen, wohin mich Gott führt!

**Frühberg.** Halt da — junger Mann! Wo hinaus?

**Franz.** In die weite Welt, Herr!

**Frühberg.** Warum das?

**Franz.** Ich muß. Meine Mutter ist arm; sie kann mich nicht mehr erhalten.

**Frühberg.** So?

**Franz.** Ja. Da habe ich denn hier wollen Bedienter werden; aber man will mich nicht — Ach Gott!

**Frühberg.** Er dauert mich.

**Franz.** Zu meiner Mutter heim gehe ich nicht. Ich kränke mich und schäme mich. Hier bin ich einmahl abgewiesen, und nun versuche ich es in der Stadt nicht wieder.

**Frühberg.** Er hat ein gutes Gesicht.

**Franz.** Ich bin gut.

**Frühberg.** Ich bin ein Fremder, ein Reisender. Er ist der erste Mensch, den ich in dieser Stadt spreche — Er ist unglücklich. Das jammert mich. Viel kann ich wohl nicht für Ihn thun; aber von einem raschen Entschlusse möcht' ich Ihn abhalten. Ich meine es gut; verschiebe Er seine Reise noch. Will Er das wohl?

**Franz.** Ach, lieber Herr— —

**Frühberg.** Wer ist der Mann, bey dem Er hat Dienste nehmen wollen?

**Franz.** Herr Kammerrath Sidof.

**Frühberg.** Sidof? Das war der, der da mit Ihm heraus kam?

**Franz.** Ja.

**Frühberg.** Nun, so übernehme Er den Weg für mich, und bitte Er ihn, einen Augenblick an die Hausthür herab zu kommen.

**Franz.** Wen soll ich melden?

**Frühberg.** Einen Fremden. Bitte Er ihn, nur einen Augenblick herab zu kommen.

**Franz.** Sehr wohl. Geht hinein.

**Frühberg.** So bin ich doch dem Gaffen und Fragen im Hause nicht ausgesetzt. Er trocknet sich die Augen, und seufzt: O Gott, wie ist mir zu Muthe!

## Eilfter Auftritt.

**Voriger. Kammerrath Sidof. Franz.**

**Sidof.** Wo ist der Herr?

**Franz** deutet auf Herrn Frühberg.

**Frühberg** verbeugt sich.

**Sidof.** Sie wollen mich sprechen?

**Frühberg.** Erlauben Sie wohl, daß der junge Mensch da in Ihrem Hause warte, bis wir gesprochen haben?

**Sidof.** Ja.

**Franz** geht hinein.

**Sidof.** Aber wollen Sie nicht lieber mit hinein gehen?

**Frühberg.** Vergönnen Sie mir frische Luft. Ich bin der Kaufmann Frühberg aus Königsberg.

**Sidof.** So? Ich kenne Sie nicht.

**Frühberg.** Auf einer Geschäftsreise bin ich nach Algier verschlagen worden, und habe dort einen sehr unglücklichen Mann kennen lernen, der von hier gebürtig ist. Herr Reichenstein nennt er sich —

**Sidof.** Lebt er noch?

**Frühberg.** Sehr elend.

**Sidof.** Zu Algier haben Sie —

**Frühberg.** Er ist dort hart gefangen, und hat außer mir niemahls Gelegenheit gehabt, Nachricht zu senden.

**Sidof.** Nun, die Nachricht ist —

Frühberg. Lebt seine Frau noch?

Sidof. Frau und Kinder. O ja —

Frühberg. Ach Gott!

Sidof. Und in erbärmlichen Umständen. Wenn Sie keine Wechsel mitbringen, so behalten Sie die ganze Geschichte für sich.

Frühberg. Sprechen muß ich sie; das habe ich dem armen Manne gelobt.

Sidof. Sie können nichts erregen, als Jammer. Die Frau ist schwach; es kann ihr den Tod bringen. Thränen und ein Vater unser — mehr kann sie nicht geben.

Frühberg. Sind die Kinder — —

Sidof. Gut, gut. Der Älteste ist geschickt und brav; aber ein böses Maul, wie der Vater, dessen Geschichte —

Frühberg. Weiß ich.

Sidof. Der hat auch erst über alle Welt raisonnirt, das Bißchen Seinige verthan, und ist dann in alle Welt gelaufen.

Frühberg. Das war schlecht.

Sidof. Wie ist er denn nach Algier gekommen?

Frühberg. Von Corsaren aufgebracht, und —

Sidof. So? Nun, da wird ihm der Witz vergangen seyn.

Frühberg. Wollen Sie nicht die Frau auf einen Besuch von mir vorbereiten?

Sidof. Es ist ein Bruder von ihm hier.

Frühberg. Er traute mehr auf Sie — hat

mir Sie als einen alten Schulfreund genannt.

**Sidof.** So? Schulfreund? Du lieber Gott!
ja, damahls hatten wir Connoissance. Das ist
lange her. Da hat man viel Bekannte. Wo sind
die hin? Gestorben — verdorben — in alle Welt
gegangen! Wenn Sie aber wollen, daß die Frau
präparirt wird, so will ich allenfalls — Aber was
will ich denn? Sie haben ja da eben mit dem
jüngsten Sohne gesprochen.

**Frühberg.** Mit dem Sohne von —

**Sidof.** Von dem Reichenstein.

**Frühberg.** Wo?

**Sidof.** Der Sie gemeldet hat. Wie kommen Sie zu dem?

**Frühberg.** Der bey Ihnen Bedienter werden wollte?

**Sidof.** Ja.

**Frühberg.** Den Sie nicht genommen haben?

**Sidof.** Ich konnte nicht.

**Frühberg** wendet sich seitwärts. So schicken Sie
— Er kann nicht weiter reden.

**Sidof.** Ich sehe, die Leute gehen Ihnen zu
Herzen.

**Frühberg** bejahet es.

**Sidof.** Vielleicht emploiren Sie den Sohn?

**Frühberg** bejahet es.

**Sidof.** Es ist ein guter Junge.

**Frühberg.** Schicken Sie ihn mir.

**Sidof.** Ja, ja. Nun — ich empfehle mich.

**Frühberg** verbeugt sich.

**Sidof.** Ihr Diener. Geht hinein.

**Frühberg** folgt ihm, und lehnt sich an dem Pfeiler der Thüre.

## Zwölfter Auftritt.

### Herr Frühberg. Franz.

**Frühberg** umarmt Franzen, so wie er heraus kommt.

**Franz.** In welchen Gasthof soll ich Sie führen?

**Frühberg.** Hinaus — hinaus — in's Feld — auf den Wall, vor's Thor! hinaus —

**Franz.** Sie sind so traurig — was fehlt Ihnen?

**Frühberg.** Bey Sidof hast du Bedienter werden wollen?

**Franz.** Die Mutter hat bisher von ihrer Handarbeit gelebt. Ich kann's nicht länger ansehen, daß ich mit davon zehre. Mein seliger Vater hat uns nichts hinterlassen.

**Frühberg** faßt seine Hand. Selig ist dein Vater jetzt.

**Franz.** Gewiß; denn er war gut, gab aller Welt, bis er selbst nichts mehr hatte —

**Frühberg.** Und davon laufen mußte?

**Franz.** O, verachten Sie mich nicht deßhalb! Alle Welt läßt es meinen armen Bruder entgelten; mich haben von der Schule an die Kinder damit ausgespottet; ach! und der Vater soll so ehrlich und so gut gewesen seyn. Die

Mutter weint immer, wenn sie von ihm spricht — Wir halten ihn alle in Ehren.

**Frühberg.** Es wird auch Gott euch zu Ehren bringen; denn die Verheißungen, die er guten Kindern gibt, sind ein sicheres Erbe! — Komm — umarme mich — lege dein Herz dicht an das meinige. *Er umarmt ihn.* In deines armen Vaters Seele segne ich dich aus der Fülle meines Herzens. *Der Vorhang fällt, indem sie gehen.*

---

# Fünfter Aufzug.
### Bey Madam Reichenstein.

## Erster Auftritt.

### Franz. Wilhelmine folgt ihm.

### Franz

*läuft rasch herein, und redet im Ausbruche des höchsten Entzückens.*

Erst müßt ihr alle beysammen seyn; eher sage ich kein Wort von allem, was mir begegnet ist. *Er läuft in Philipps Zimmer.*

**Wilhelmine** *geht zurück, und ruft in die Mitte:* Mama — kommen Sie doch — Lassen Sie alles stehen und liegen — Franz ist da!

**Franz** *kommt zurück.* Ach! nun ist doch Philipp nicht hier.

Wilhelmine. Habe ich dir das nicht gleich gesagt? So sag' indeß nur mir, was —

Franz. Komm zur Mama —

Wilhelmine. Da ist sie —

## Zweyter Auftritt.

### Vorige. Mad. Reichenstein.

M. Reichenst. Nun, Wilhelmine! Ach, da bist du ja auch, guter Franz! Was habt ihr, Kinder?

Franz. läuft ihr in die Arme. Ich bin zur guten Stunde ausgegangen!

M. Reichenst. Ach, mein Franz!

Franz. fröhlich. Sie wissen's schon, daß mich Herr Sidof abgewiesen hat?

M. Reichenst. Leider!

Franz. springt herum. Das war gut; das war schön; das war herrlich!

Wilhelmine. Ey, so erzähle doch —

Franz. Es hat ein Ende mit Kragen und Aufschlägen.

M. Reichenst. Gott Lob, lieber Junge, wenn's anders seyn kann. Aber komm zur Sache!

Franz. freudig. Als ich vom Herrn Sidof weg ging — O, dort hatte der Onkel schon alles ver- derbt —

M. Reichenst. ungeduldig. Das weiß ich.

Franz. Wie umgewendet war der Herr Si- dof! Als ich nun von ihm weg ging: — o, der Onkel ist recht boßhaft; denn sehen Sie nur —

**M. Reichenst.** Laß jetzt den Onkel, guter Junge!

**Franz.** Das will ich auch. O Mama, ich bin so glücklich. *Er küßt sie.* Ach, liebe Wilhelmine — o ja, Mama, Sie erlauben es — hohle mir meinen Überrock, daß ich den häßlichen Rock hier ausziehen kann. Bitte —

**Wilhelmine.** *läuft hurtig hinein.*

**Franz.** *zieht die Livree aus, und legt sie auf den Arm.* Ja — der Mama ihr Rock ist doch viel besser, als der da. Das grobe Tuch hier hat schon viele Thränen von mir verschluckt; wollen Sie das wohl glauben?

**Wilhelmine** *mit dem Ueberrocke.* Geschwind zieh an, und dann sprich in Einem weg!

**Franz.** *zieht hastig den Rock an.* Nun wird mir's wohl — Ja, das ist ganz anders, wenn man — Ja so, wegen dem Erzählen. *Er legt die Livree auf den Stuhl.* Da — und wer nun in dich hinein kriechen soll — dem helfe Gott so bald wieder heraus, als mir. *Er thut einen Satz zu seiner Mutter.* Sehn Sie nur, Mama! mehr — bin ich wohl nichts geworden, denn ich diene auch wieder, aber ohne Livree, bey einem so guten Manne —

**M. Reichenst.** Bey wem denn?

**Franz.** Bey wem? Ja, das weiß ich wahrhaftig nicht.

**M. Reichenst.** Aber —

**Franz.** Denn wie er mir erst gesagt hatte, daß ich nun aus dem Rocke heraus kommen sollte,

so habe ich nichts mehr gefragt, gesagt, gedacht—
als daß ich da heraus komme.

**M. Reichenst.** Wie kam es denn, daß du —

**Wilhelmine.** Wo war's denn?

**Franz.** Ich habe es ja schon gesagt. Wie ich
vom Herrn Sidof heraus komme, so — — ja,
da war ich ein armer, armer Mensch. Ich wollte nicht wieder hierher. Ich wollte fort, gleich
zum Thore hinaus.

**M. Reichenst.** O mein Sohn —

**Wilhelmine.** schmiegt sich an ihn. Gott Lob,
daß du wieder da bist!

**Franz.** Ich weinte auf der Straße laut auf.
Da kommt ein ältlicher Herr — hält mich auf —
ich muß sagen, er ist eben gar nicht besonders angezogen — der redete mir zu. „Wo will Er hin?"
sagte er; „thue Er das nicht," sagte er; „er wollte sich meiner annehmen," sagte er. Er hat nachher noch mit Herrn Sidof gesprochen; den kennt
er: und hernach hat er zu mir gesagt — denn sehen Sie, Herr Sidof mag ihm alles von uns erzählt haben — da hat er zu mir gesagt, „er wollte mich nicht verlassen," hat er gesagt, und hat
mich geküßt und gedrückt.

**M. Reichenst.** Hülfe in der höchsten Noth!

**Franz.** So ist doch der Franz auch einmahl
mit einer guten Bothschaft nach Hause gekommen.

**M. Reichenst.** Ja, mein Kind!

**Franz.** Nun, so seyn Sie doch auch lustig!

**M. Reichenst.** Du hast einen Bruder, der

**Wilhelmine.** Ja, Franz, dem Philipp geht
es recht übel.

**Franz.** Philipp wird schon auch einmahl je=
manden am rechten Flecke begegnen — Nun, daß
ich's auserzähle: da sind wir denn vors Thor ge=
gangen, der Fremde und ich. Ich wollte hinten
nach gehen; aber er zog mich hervor und an seine
Seite, daß mir der Arm wehe that.

**Wilhelmine.** Er muß recht gut seyn.

**Franz.** Auf dem Spaziergange war's nun
wieder recht curios. Alle Augenblicke blieb er ste=
hen, und lehnte sich wo an. Ich rieth ihm endlich
noch, er möchte sich unter einen Baum hinsetzen:
das that er auch, aber nur einen Augenblick.
Gleich ging er wieder weiter — lauter Nebenwege
mußte ich ihn führen, wo keine Menschen gehen.

**Wilhelmine.** Mama, das ist gewiß ein Lord!

**Franz.** Bewahre! er spricht Deutsch. — Wo
ein Hügel kam, da stieg er hinauf, und sah die
Stadt an — lange sah er sie an. So hat er sich
endlich in das hohe Gras niedergelegt; ich mußte
ihm erzählen, von Ihnen, von dir, von Philipp
und von mir. Einmahl fing er an recht kläglich zu
weinen; dann warf er sich mit dem Gesichte in
das Gras — Ich mußte ihm das Haus beschrei=
ben, wo wir wohnen; er hat mich fort geschickt,
und nun will er hierher kommen.

**M. Reichenst.** ⎰ Zu uns?

**Wilhelmine.** ⎱ Hierher?

**Franz.** „Ich will deine Familie kennen ler=
nen, guter Junge," sagte er. Er kommt gewiß

her. Jetzt, liebe Mutter, habe ich eine Commission für ihn, und gehe gleich —

**Wilhelmine.** Was für eine Commission?

**Franz.** *geheimnißvoll.* Es ist nichts Kleines.

**M. Reichenst.** Nun?

**Franz.** Er hat mir scharf verbothen, davon zu sprechen.

**M. Reichenst.** Wenn du es nur zu seiner Zufriedenheit ausrichten kannst.

**Franz.** Gewiß will ich das.

**M. Reichenst.** Wenn du sonst Zweifel hättest —

**Franz.** Ach, Mama, ich bin so glücklich, daß jemand mich für voll ansieht. Wenn ich das erste fremde Geschäft gut ausrichten kann, so meine ich — es soll wohl gehen mit mir, in der Welt nähmlich. Nun, ich laufe hin, und komme gleich wieder her. *Geht ab.*

## Dritter Auftritt.

### Vorige ohne Franz.

**Wilhelmine.** Denken Sie, wenn der Franz so fort in die Welt gegangen wäre!

**M. Reichenst.** Seinem seligen Vater nach, und wir hätten ihn auch nicht wieder gesehen!

# Vierter Auftritt.
## Vorige. Lieutenant Lindenstein.

**Lindenstein.** Wilhelmine — Madam — für meine gute Absicht vergeben Sie mir die Haftigkeit. Wilhelmine, lieben Sie mich?

**M. Reichenst.** *sind in Verlegenheit.*
**Wilhelmine.**

**Lindenstein.** Antworten Sie nicht — ich weiß, daß Sie mich lieben. Es macht das Glück meines Lebens. Meines Vaters Geld hindert unser Glück. Er lebe, und genieße seine Schätze! Hat Wilhelmine und ihre Mutter Muth genug, von dem Einkommen meiner Stelle und ihrem Fleiße klein und glücklich zu leben, so umarmen Sie heute noch Ihren Gatten. *Zu M. Reichenstein.* Und **Sie** stützen sich auf einen Sohn mehr! Antworten Sie als Mutter, als meine gütige Freundinn.

**Wilhelmine.** *verbeugt sich, und geht.*

**Lindenstein.** Wilhelmine, Sie gehen, und meine Frage geht Sie so nahe an!

**Wilhelmine.** Ey — Sie sagen ja, Sie wüßten alles, was ich meine. Wenn die Reihe an mich kommt, so antworten Sie nur für mich. *Sie geht.*

# Fünfter Auftritt.
## Mad. Reichenstein. Lieutenant Lindenstein.

**M. Reichenst.** Sie überraschen mich.

**Lindenst.** Ist das alles, was Sie über meinen Antrag denken?

M. Reichenst. Ich freue mich über Sie — ich bin gerührt — ach — das sehen Sie ja wohl!

Lindenstein. Nun, so hat Ihr Herz gespro- chen und —

M. Reichenst. Überzeugung und Pflicht verbiethen.

Lindenstein. Pflicht?

M. Reichenst. Hat nicht mein unglücklicher guter Sohn, durch Aufopferungen jeder Art, Vaterrechte über uns?

Lindenstein. Wenn nun aber sein zartes Ge- fühl zu weit geht — wenn er — — Ach Madam, geben Sie sich noch einen Sohn, ihm einen Bruder, mir ein Recht, für ihn zu handeln. Mag auch Anfangs mein Vater seine Einwilli- gung verweigern — endlich wird er nachgeben, und man wird aufhören, Leute zu verletzen, de- ren er sich annehmen muß.

M. Reichenst. Entstehe, was da will —

Lindenstein. Was da will? Sie wissen nicht — Gott!

M. Reichenst. Was?

Lindenstein. In diesem Augenblicke wird Ihr Sohn — Sie wissen nicht —

Reichenst. Reden Sie!

Lindenstein. Er wird über die für seinen Vater heraus gegebene Schrift eben jetzt ver- nommen.

Reichenst. Mein Gott!

Lindenstein. Er hat Verdienste — Feinde — Sie kennen die Welt — Lassen Sie uns

G 2

nicht müßig bey dem stehen bleiben, was geschehen könnte; lassen Sie zu Glück und Unglück durch heilige Rechte uns verbinden.

## Sechster Auftritt.
### Vorige. Kammerrath Sidof.

M. Reichenst. Mein Gott, Herr Kammerrath, was habe ich da gehört! Wissen Sie,
daß mein Sohn —

Sidof. Es ist so; ich weiß alles —

M. Reichenst. Was ist da zu thun, daß —

Sidof. Nichts.

Lindenstein. Wie, mein Herr?

Sidof. Man hätte dem Schlage zuvor kommen können; man hat nicht gewollt — Nun
muß man abwarten, bis er geschehen ist, und —

Lindenstein. Und diese armen Leute vollends
nieder geschlagen sind.

Sidof. Das Woher und Wie genau obser-
viren, dann laviren, bis der Wind sich gewendet hat.

Lindenstein. Diese Gattung Klugheit ist mir
verächtlich.

Sidof. Sie haben auch nicht meine Jahre.

Lindenstein. Pflicht, Religion, Liebe —
alles gebiethet mir, Sie zu beschwören, daß Sie
jetzt meine Hand für Ihre Tochter annehmen.

Sidof. So? Wollen Sie das?

M. Reichenst. Nein; nimmer werde ich
Ihr Glück unserm Elende opfern.

Lindenstein. Das sind Worte.

M. Reichenst. Gefühl.

Lindenstein. Das Werk des langen Kummers — Eigensinn.

M. Reichenst. Standhaftigkeit.

Lindenstein. Ich muß gegen Ihren Willen handeln — ich muß. Wilhelmine muß morgen mein seyn.

M. Reichenst. *zärtlich.* Mein Sohn!

Lindenstein. Ja, ich bin es; mein redlicher Wille und Ihre Überzeugung sagen es, ich bin's.

*Kammerrath Sikof geht unbemerkt hinaus.*

M. Reichenst. Ich bin Mutter — ich muß wissen, was ein Vater leidet, der in seinen Hoffnungen getäuscht wird.

Lindenstein. Der Sohn ist Ihnen lieb; der Vater ist Ihnen fremd.

M. Reichenst. Er ist mir fremd, aber nicht seine Rechte!

Lindenstein. Sie wollen nichts für mein Glück thun?

M. Reichenst. Ich thue eben jetzt viel für Sie. Sie sind edel — Sie müssen es fühlen und ehren. Lindenstein, — wenn Sie mich als Mutter lieben, wenn Sie meine Tochter lieben, so folgen Sie meinem Willen; eilen Sie, Nachricht von meinem Sohne zu bekommen. Bis dahin habe ich weder für Glück noch Unglück einen Gedanken.

Lindenstein. Mutter!

M. Reichenst. Wenn ich Ihnen werth bin

— so eilen Sie, mir Nachricht zu geben. Die unglückliche Mutter bittet; bittet so herzlich!

**Lindenstein** küßt ihr die Hand, und geht ab.

**M Reichenst.** Ach, mein Sohn! — mein Sohn!

## Siebenter Auftritt.

### Mad. Reichenstein. Wilhelmine.

**Wilhelmine.** Was hat Herr Sidof von dem Bruder gesagt?

**M. Reichenst.** Herr Sidof? Er ist fort! Wenn ist er fort?

**Wilhelmine.** Er war kaum einen Augenblick da gewesen, so sah ich ihn leise und schnell heraus kommen.

**M. Reichenst.** Die Unglücklichen fliehet jedermann.

**Wilhelmine.** Sind wir noch unglücklich? — — Was haben Sie Lindenstein geantwortet —

**M Reichenst.** Ich habe unsern guten Nahmen erhalten.

**Wilhelmine.** Ich denke auch, daß das wohl nicht seyn muß, was er gesagt hat.

**M Reichenst.** Es darf nicht seyn.

**Wilhelmine.** Ja, wenn der Papa lebte, und es wäre alles noch, wie es sonst gewesen ist —

**M. Reichenst.** Du mußt daran nicht denken.

**Wilhelmine.** Daß er aber ein recht guter Mensch ist, das ist gewiß.

M. Reichenst. Gewiß.

Wilhelmine schmeichelnd. Nicht wahr, es thut Ihnen leid, daß es nicht seyn kann?

M. Reichenst. Es thut mir leid.

Wilhelmine schnell. So darf ich doch manch=mahl mit Ihnen davon sprechen, daß es Scha=de darum ist?

M. Reichenst. Ja, mein Kind.

Wilhelmine. Das ist gut, Mama. Das macht, daß ich weinen kann; denn ich habe ihn recht herzlich lieb, und ich danke Ihnen, daß Sie es erlauben. Sie hört jemand kommen, trocknet sich die Augen, und geht hastig neben Herrn Frühbergs hinaus.

## Achter Auftritt.

### Mad. Reichenstein. Herr Frühberg.

Frühberg. Madam — ich — ich habe die Ehre —

M. Reichenst. Machen Sie mir bekannt, wen ich das Vergnügen habe bey mir zu sehen. Ach Gott — vielleicht —

Frühberg nimmt ihre Hand. Gewiß!

M. Reichenst. Der Menschenfreund, der meinen Sohn Franz — sind Sie es?

Frühberg. Ihr Sohn ist bey mir, ja.

M. Reichenst. O mein Herr — nehmen Sie den Dank einer Mutter, die —

Frühberg. Wo sind Ihre andern Kinder?

M. Reichenst. Meine Tochter ging neben Ihnen hinaus.

Frühberg. War das die Tochter?

M. Reichenst. Mein anderer Sohn hat Geschäfte.

Frühberg, setzt sich. Sie sind unglücklich, Madam?

M. Reichenst. — Ich bin nicht glücklich.

Frühberg steht auf. Sie sehen mich an?

M. Reichenst. Ihr Blick — Ihre Stimme — ruft eine traurige Erinnerung hervor.

Frühberg. Eine traurige Erinnerung?

M. Reichenst. Mein seliger Mann —

Frühberg. Ist er todt?

Mad. Reichenst. Gewiß, mit gefalteten Händen: gewiß!

Frühberg. Ich höre, er war so treulos, und verließ Sie.

M. Reichenst. Bringen Sie mich nicht auf das, ich bitte Sie.

Frühberg. Ich begreife, daß Sie ungern davon reden. Herr Sidof wird Ihnen gesagt haben, daß —

M. Reichenst. Was, mein Herr?

Frühberg. Hat er Ihnen nichts von mir gesagt?

M. Reichenst. Kein Wort.

Frühberg. Ich heiße Frühberg, bin ein Kaufmann aus Königsberg. Ich muß Ihnen sagen, daß ich vor zwey Jahren, durch einen Zufall —

# Neunter Auftritt.

## Vorige. Wilhelmine.

**Wilhelmine.** Ach, Mama — ach, das Unglück! Sie will leise mit ihr reden.

**M. Reichenst.** Rede laut, mein Kind! wir können vor diesem großmüthigen Manne kein Geheimniß haben.

**Wilhelmine.** Der Buchhändler Reifeld ist draußen; er hat Gerichtspersonen bey sich.

**M. Reichenst.** Gerichtspersonen?

**Wilhelmine.** Er hat für Philipp das Buch „Ehrenrettung meines Vaters" gedruckt.

**Frühberg.** Ist so ein Buch da?

**M. Reichenst.** Mein armer Sohn hat es geschrieben.

**Wilhelmine.** Und das ist jetzt von der Obrigkeit weg genommen.

**Frühberg.** So?

**Wilhelmine.** Für eine Schmähschrift erklärt, der Drucker in achtzig Thaler Strafe verurtheilt.

**M. Reichenst.** Armer, armer Mann!

**Wilhelmine.** Er hat über dreyßig Thaler Unkosten gehabt, sagte er; die sollen wir bezahlen, oder er will uns und unsre Sachen arretiren, und nicht eher von der Stelle gehen.

**Frühberg.** Sie und das Buch interessiren mich; ich will mit dem Manne reden. Er geht.

# Zehnter Auftritt.

## Mad. Reichenstein. Wilhelmine.

**M. Reichenst.** Das Wesen, welches übel zuläßt, wird mir Fassung erhalten und Auswege zeigen. — Mehr kann ich nicht denken; thun kann ich gar nichts.

**Wilhelmine.** Ach Mama! Herr Reifeld ist entsetzlich aufgebracht über uns.

**M. Reichenst.** Wüßte ich nur, wie es deinem Bruder geht!

# Eilfter Auftritt.

## Vorige. Philipp.

**Philipp.** Wer ist der Mann da draußen bey dem Buchhändler?

**M. Reichenst.** Kaufmann Frühberg aus Königsberg; er hat Franzen zu sich genommen, und will —

**Philipp.** Er hat mich von dem Buchhändler weg, und ungestüm hier herein gewiesen.

**M. Reichenst.** Ach, mein Sohn —

**Wilhelmine.** Wir sind arretirt —

**M. Reichenst.** Der Buchhändler ist gestraft.

**Philipp.** Und ich bin aus dem Lande gewiesen.

**M. Reichenst.** starr. Philipp, was sagst du da?

Philipp. In Gottes Nahmen! Fort! Was haben wir hier? Erde, Luft, Wasser und — Brot durch unsrer Hände Arbeit. Wir finden es überall.

M. Reichenst. die Hände ringend. Kann das nicht abgewendet werden?

Philipp. Es kann nicht, und ich —

Wilhelmine. Ach Bruder, Bruder!

Philipp. Und ich mag es auch nicht. Ich habe so geantwortet, daß daran nicht zu denken ist.

M. Reichenst. An mich denke ich nicht. Aber an dich — dein Glück — O, wie beugt mich das!

Philipp. Wir sollen hier nicht in die Höhe. Denn was könnte man mir vorwerfen? Schreib-art, Ausdrücke — Man entkräftete die hell-sten Beweise mit Chicanen, schob endlich alles auf meines Vaters Stillschweigen. Als ich dann sagte, daß doch — kurz, man hat abgeurtheilt, es sey eine rebellische Schrift, ich ein unruhi-ger Kopf, und — und — ich muß fort.

## Zwölfter Auftritt.
### Vorige. Herr Frühberg.

Frühberg umarmt Philipp.

Philipp. Mein Herr —

Frühberg. Du hältst deinen Vater in Eh-ren, junger Mensch! zu M. Reichenstein. Der Mann ist auf eine Weile besänftigt.

**Philipp.** O, mein Herr — wenn Sie meines Vaters Schickſale wüßten! Wie er hier weg kam —

**M. Reichenſt.** Güte — Leichtſinn, Verbürgungen — er verwarf Wechſel, die er nie geſchrieben hatte. Meineid beſtätigte ſie; er ſollte öffentlich — Mein Sohn, rede weiter —

**Philipp.** Sein Witz galt für Laſter —

**M Reichenſt.** Ja, mein Herr! Bonmots waren ſein Unglück. Der allgemeine Haß gegen ſeine ſatyriſchen Einfälle ſchärfte jedes Verfahren. Siebzehn Jahre lang weine ich über Bonmots, die ihm ein Lächeln des Beyfalls, mir Armuth und Schande zugezogen haben. Spötteley hat mir einen Gatten, meinen Kindern einen Vater geraubt, und dieſer Sohn — dieſe meine Hoffnung und mein Stolz — liebt ſeines Vaters Fehler.

**Frühberg** ergreift raſch ſeine Hand. Junger Menſch — die Hand, die dich jetzt faßt — liegt vielleicht bald im Grabe. Am Ende des Lebens iſt keine Täuſchung mehr; nimm dich zuſammen, und höre, was Erfahrung zu dir ſpricht. Sage deine Meinung frey, aber witzle nie. Nenne das Laſter — Laſter, wo dein Gewiſſen dir befiehlt, laut zu ſeyn; aber ſpähe nicht nach Lächerlichkeiten: du forderſt das Auge der Welt auf dich — und der Menſch lebt nicht, der klar befunden würde, wenn ihn die Menge ſichtet. Sagſt du Witz — und du ſieheſt Lächeln des Beyfalls — ſo zittre; denke — jetzt ſäheſt du dein Haus ver=

siegeln, dein Weib am Bettelstabe, deine Kin=
der hinaus gestoßen, dich Preis gegeben! Laß
mich dein Herz wie deine Hand ergreifen, behal=
te die heilige Wahrheit: — „Das Lächeln über
Witzeleyen ist die Sterbestunde des Glücks und
der Ehre, das Grab deiner Ruhe.”

  Philipp. Wenn Vorurtheil mir im Wege ist,
wenn Boßheit und Albernheit das Gute hem=
men —

    Frühberg. So handle.

    Philipp. Der Einzelne kann selten handeln!

    Frühberg. Wo er es nicht kann, ist es
Übermuth, wenn er es will.

    Philipp. Durch Witz kann er aufmerksam
machen, strafen —

    Frühberg. Sich selbst! sich selbst! Weni=
ge behalten gute Handlungen im Gedächtnisse;
witzige Einfälle behält ein jeder.

    Philipp. Fassen Sie meine Lage! Meine
Zeit ist edel verwendet — ich komme nicht wei=
ter. Meine Arbeiten werden geliebt, und ich
komme nicht weiter.

    Frühberg. Ist jemand einmahl in dem Rufe
des Spötters — so ist das große Band von
Menschen zu Menschen — das Vertrauen —
durchschnitten; er steht allein in der Welt, Preis
gegeben. So ging dein Vater zu Grunde; so
stehst du jetzt in der Welt allein da.

    Philipp. Allein — aber bewußt.

    Frühberg. Bewußt? Ich sage Nein. Der
Mensch, der seinen Geschwistern alles geop=
fert hat —

**M. Reichenstein.** Ja, das hat er; Gat=
ten = und Vaterstelle vertreten. Nichts war ihm
zu viel, nichts zu geringe. Vor ihm konnte ich
ausweinen, bey ihm wieder Trost finden. Das
Zeugniß bin ich ihm schuldig, so oft ein guter
Mensch meine Schwelle betritt.

**Frühberg.** Alles konntest du opfern — nur
den Witz nicht! Mutter und Geschwister, die
dein Talent in Wohlstand setzen konnte, küm=
merlich lassen — um nur nicht den Ton zu än=
dern, der deiner Eigenliebe Nahrung gibt!

**Philipp.** Grausamer Wohlthäter — was
gewinnen wir, was gewinnen Sie selbst, wenn
Sie am Rande des Unglücks mir noch Unge=
wißheit über mich geben? Ach, wenn ich in
einer Livree steckte, wie mein Bruder, so könnte
ich meinen Herrn verlassen, und einen andern
suchen. Aber weil ich bin — was ich nie hätte
werden sollen, so werde ich verbannt! Ach, es
war so väterlich, daß ich meinem Bruder den
Weg anwies!

**Frühberg.** Und welchen Weg willst du jetzt
gehen?

**Philipp.** Brot erwerben, für meine Mut=
ter und Schwester — Brot! Höher will ich
mein Capital nicht anbringen.

**Frühberg.** Darfst du sagen: „So viel will
ich, und nicht mehr?" Ward dir darum Einsicht,
Gefühl und Kenntniß verliehen, daß du mit
allem diesem nicht mehr ausrichten solltest, als
der Tagelöhner? daß du unnützer bist, als er?

Biſt du allein? — iſt nicht deine arme Mutter da — deine Gſchwiſter. Haſt du nicht Va-
terpflichten, da dein Vater ſie verlaſſen hat?
Sollen dieſe hungern, damit du witzig bleibſt —

**Philipp.** Sie ſehen mich im ſchrecklichen
Lichte! O, mein Herr —

**Frühberg.** Ich habe dich deinen Pflichten
gegen über geſtellt. Kannſt du mich anſehen, und
ſagen, ich redete Unwahrheit? Ach, daß du es
doch für rühmlicher gehalten hätteſt, durch
ſanfte Tugenden die Menſchen zu gewinnen, als
durch Witz und Bitterkeit ſie zu beherrſchen!
Aber in unſern Zeiten ſetzt man keinen Werth
mehr darauf, zu **nützen**; jedermann will nur
**glänzen.** Darum drehet alles ſich aus dem Glei-
ſe; darum wollteſt du gleich der Erſte — oder
ausgezeichnet der Unglücklichſte ſeyn. Jüngling
— ich erkenne, daß man dir zu viel thut; daß
dein Herz leidet; aber greif in deinen Buſen.
Es iſt eine feinere Rache an der Welt, daß du
manches Übel nicht heben wollteſt, was du heben konnteſt; aber immer iſt es doch Rache.

**Philipp.** O mein Herr, haben Sie ſo viel
Unglück gehabt, als ich? Haben Sie einen Vater ſo verloren? Iſt Ihnen jeder Verſuch ſo
mißlungen? ſind Sie ſo gemißhandelt als wir?
Haben Sie alle Morgen das Geſicht einer
Mutter, die von ihrer Hände Arbeit lebt, abnehmen, eine tugendhafte Schweſter läſtern,
Ihre redlichſten Plane vereiteln ſehen? O
wahrlich, wem dieſe Dinge nicht Bitterkeit ge-

ben, der hat weder Herz, Blut, noch Selbst=
gefühl!

Frühberg. Denke an deinen Vater.

Philipp. Kann ich seine Feinde segnen?

Frühberg Beschämen!

Philipp. Die uns geplündert haben, be=
schämen? Die uns necken, foltern, schmähen, be=
schimpfen, zum Lande hinaus jagen, beschämen?

Frühberg. Die Menge ist mehr, als du. Du
hast sie beleidigt — statt sie auszusöhnen.

Philipp. Nun denn — es ist geschehen;
ich bin ein Baum, der mit Blatt und Blüthe
heraus gerissen, und an die Straße geworfen
ist! Nütze mich, wer da kann und will! Ha=
ben Sie, mein Herr, ein Geschäft — eine
Hantierung — weit von hier — in einem Win=
kel, wo nichts ist, als eine Hütte, Gras,
Bäume und Wasser — senden Sie uns hin.
Ach, was haben Sie aus mir gemacht! Sie
haben mich elend gemacht; Sie, mein Herr!

M. Reichenst. Sohn, was thust du?

Philipp. Ehe ich Sie sprach, war ich schuld=
los — Sie haben einen fürchterlichen Sturm
in mir erregt; Sie haben mir das Bewußtseyn
genommen, daß ich gerecht gehandelt hätte.
Nun erst bin ich elend.

Frühberg. Edler Jüngling! dahin mußtest
du. Du mußtest erst genau wissen, was du bist,
ehe du bestimmen kannst, was du werden sollst.
Nun laßt uns von der Zukunft reden. zu M.
Reichenstein. Ich wollte Ihnen sagen —

## Dreyzehnter Auftritt.

### Vorige. Lieutenant Lindenstein.

Lindenstein. Sage mir, lieber Reichenstein, was ist das? Ist es dein Wille, daß dein Bruder Soldat werden soll?

M. Reichenst.  ⎱ Franz?
Wilhelmine.  ⎰ Ach, mein Bruder?

Philipp. Nein, sage ich.

Lindenstein. Der Hofrath hat es nachgesucht, aber —

Philipp. Das soll er nicht; das darf er nicht; das will ich nicht.

Lindenstein. Ruhig! Er wird es nicht, wenn Sie nicht wollen.

## Vierzehnter Auftritt.

### Vorige. Kammerrath Sidof.

Sidof zu Philipp. Nehmen Sie mir es nicht übel, wenn ich eine Störung mache. Sie wissen, daß ich dem geheimen Rath Lindenstein versprochen habe, ihn zu avertiren, wenn der Herr Sohn hier eine Mariage mit Ihrer Schwester präcipitiren wollte.

Philipp. Hier von uns werden keine Söhne entführt.

Lindenstein. Wenn Sie aber so dienstfertig im Avertiren sind, warum sagen Sie die-

sen Leuten nicht, daß Ihr Freund Hofrath
den Franz unter das Militär geben will?

**Sidof.** Sie haben mir keine Commission
gegeben.

**Lindenstein.** Oder keine bezahlt.

**Sidof.** Mit Geld in der Tasche lache ich
beyde Parteyen aus, die bezahlt, und die sich
beklagt.

**Lindenstein** heftig. Aber meine Meinung
von Ihnen?

**Sidof.** Ist Ihre Sache.

**Lindenstein.** Und Ihre eigne Überzeugung —

**Sidof.** Ist nicht Ihre Sache. Zum Genießen sind wir da. Ich kann nicht genießen, wenn
ich nicht habe; darum trachte ich zu haben, damit ich genieße. — Genug, wenn Sie hier
heirathen wollen, bin ich bevollmächtigt, Sie
zu hindern; deßhalb komme ich, und das werde ich.

**Lindenstein.** Wie, mein Herr? wie?

**Sidof.** Das ist meine Sache!

## Funfzehnter Auftritt.

### Vorige. Hofrath Reichenstein.

**Hofrath.** Das sind schöne Geschichten!

**Philipp.** Herr Onkel, was wollen Sie
hier?

**Hofrath.** Da ihr mich um Ehre und Wütbe bringt, meine Schande auf euren Kopf fallen lassen.

**Philipp.** Mäßigen Sie sich; Sie sehen, wir sind nicht allein.

**Hofrath.** Was bald die ganze Stadt wissen wird; was mir den Tod zugezogen hat, mag hier jeder wissen, der nicht hinaus gehen will!

**Lindenstein.** Sie haben den Franz anwerben lassen wollen?

**Hofrath.** Wollen? Ja. Aber —

**Philipp.** Sie haben sich das unterstanden?

**Hofrath.** Auf Seinen Knieen danke Er mir dafür! Auf Seinen Knieen bitte Er, daß das noch angehen möge! *Er wirft den Hut auf den Boden.* Die Schande und unser ehrlicher Nahme! Da — das wird er seyn.

## Sechzehnter Auftritt.

**Vorige. Franz** *tritt mit einem Unterofficier ein. Im Vorplatze sieht man zwey Mann Wache.*

| Wilhelmine. | Ach Mama! |
| M. Reichenst. | Mein Gott! |
| Philipp. | Was ist das? |
| Frühberg. | Mein Herr! |
| Lindenstein. | Herr Hofrath! |

**Hofrath.** Nun, Bursche, nun rede!

**Franz.** *zu Herrn Frühberg.* Lieber Herr — ich kann nichts dafür!

**Hofrath.** Still! keine Beredung. Ich frage

euch, woher hat der Junge einen Brillantring von tausend Thalern?

**M. Reichenstein.** Einen Brillantring?

**Philipp.** Was ist das, Franz?

**Frühberg.** Von —

**Hofrath.** Einen Brillantring, den er auf das Leihhaus brachte, worauf er sechs hundert Thaler verlangte; der dort alles in Schrecken setzte, weil man wohl weiß, daß hier der Bettel zu Hause ist; weßhalb man mich rufen ließ, und worüber ich noch an Arm und Beinen zittere?

**Frühberg.** Den Ring hat er von mir, mein Herr!

**Hofrath.** Von Ihnen? Wer sind Sie?

**Sidof** Ja, apropos, ich habe vergessen, Ihnen zu sagen, daß —

**Philipp.** Und Sie unterfangen sich, jemand von uns ein Bubenstück zuzutrauen? von uns, die wir so oft mit ungestilltem Hunger uns auf unser Lager niederwerfen?

**Franz.** Mich wie einen Verbrecher über die Gasse führen zu lassen?

**M. Reichenstein.**  ⎱ Mein Kind, mein Kind!

**Wilhelmine.**  ⎰ O du armer Franz!

**Lindenstein.** Wissen Sie, daß das so schändlich ist, daß Sie —

**Hofrath.** O, nur gemach! Man ist so furchtsam nicht. Wer ist der Patron dort, dem der Ring angeblich gehört?

**Philipp.** Herr!

**Hofrath.** Der sich hierher verkriecht, und Brillanten an einen solchen Jungen zum Versatz geben kann?

**Philipp.** Sein Herr; ein Fremder, dessen Barmherzigkeit Sie beschämen sollte, wenn Sie eines edlen Gefühls fähig wären!

**Hofrath.** Sein Prahlen hat in drey Tagen ein Ende; denn da muß Er aus der Stadt, das weiß Er.

**Philipp.** Das ist dein Werk, Unmensch!

**Lindenstein.** Ja, elendes Geschöpf! das ist Wahrheit. Weil man keiner unedlen Seele den Adel hat ertheilen wollen, so möchtest du glauben machen, um dieser edlen Menschen Armuth willen sey der Adel dir verweigert worden.

**Hofrath.** Nun, Jungfer, so gefällt Ihr der Herr Lieutenant ja wohl recht?

**Wilhelmine** weinerlich. Ach ja!

**Lindenstein** nimmt seinen Degen ab. Erst will ich diesen Degen weg thun, daß ich sicher bin, ihn nicht an dir zu entehren — Nun zieh, daß ich deinen Degen zerbrechen, und die Stücke dir vor die Füße werfen kann —

**Sidof** hält ihn zurück. Herr Lieutenant!

**Hofrath** fest. Ich fürchte nichts.

**Lindenstein.** Das fühlen alle Unglücklichen, die dich verfluchen!

**Hofrath** zu Herrn Frühberg. Der Ring ist also Ihre? So gib ihn hin, Bursche!

**Franz** giebt ihn Herrn Frühberg.

**Hofrath.** Nach Ihnen muß dann weiter

nachgeforscht werden. Du aber marschire jetzt zum Regimente!

**Frühberg.** Nein, sage ich.

**Hofrath.** Was? Du gehst gleich!

**Frühberg.** Er bleibt hier.

**Hofrath.** Das wollen wir sehen! *Zum Unterofficier.* Herr! *Der Unterofficier nähert sich.*

**Philipp.** Onkel! *auf ihn zu.*

**M. Reichenst.** ⎱ *halten ihn auf.* Um Gottes
**Wilhelmine.** ⎰ willen!

**Frühberg** *reißt Franzen zu sich.* Mein ist er — mein! Mir nimmt ihn nur Gott.

**Hofrath.** Weiß der Herr, daß ich seines Vaters Bruder bin?

**Frühberg.** Vater ist mehr, als Vaters Bruder; und sein Vater lebt noch.

**Philipp.** ⎱ Lebt?
**Franz.** ⎰ Ach Gott!
**M. Reichenst.** Lebt?

**Frühberg.** Lebt! Ich selbst, ich habe ihn vor zwey Jahren gesprochen —

*Alle sammeln sich um ihn.*

**M. Reichenst.** Wo — um Gottes willen — Wo?

**Frühberg.** Zu Algier. — Ach Gott!

**Philipp.** Auf — hin, hin, hin! Wir werden ihn erlösen. **Sitten** haben die Barbaren nicht, aber **Herzen.** Hier ist Bildung, hier sind Sitten; aber Kraftlosigkeit in den Gefühlen, Nacht und Barbarey in den Herzen.

**M. Reichenst.** *stürzt auf die Kniee.* Wenn er noch lebt, so segne ihn Gott, und stärke ihn, daß er trage, leide, hoffe — gebe ihm Erquickung, Geduld, Muth, Jahre, Freunde, so viel frohe Stunden, als ich Thränen um ihn vergossen habe!

**Philipp.** Gott Lob, ich bin verbannt — hin nach Algier! Kann ich ihn nicht erlösen, so kann ich doch seine Ketten für ihn tragen. Wußte er nichts von uns?

**Frühberg.** Er war gefangen.

**M. Reichenst.** } Gefangen?
**Wilhelmine.** } Ach Gott!

**M. Reichenst.** Gefangen? Und wir klagen! Ach, wir waren doch frey! Was haben wir zu verlieren? Wir wollen alle hinwallen.

**Philipp.** } Alle!
**Franz.** } Ja, Mutter!
**Wilhelmine.** } Ich auch, ich auch!

*Sie umarmen die Mutter.*

**Sidof.** Bedenken Sie —

**M. Reichenst.** Es gibt Menschen, die barfuß durch die Welt wallen, um Fremde, die sie nie sahen, deren Lächeln und Thränen sie nicht kennen, aus der Sklaverey zu befreyen. Laßt uns an den Thüren aller Völker umher gehen — das Weib, die Söhne und die Tochter, und sagen: „Gebt, was euer Herz will; es ist für einen Gatten und Vater."

**Frühberg.** Erhohle dich —

**M. Reichenst.** Von dem Gedanken des Wiedersehens? Ach, könnte ich doch darüber sterben! Siebzehn Jahre habe ich ihn niedergekämpft; nun kann ich nicht mehr davon scheiden. Gott, der mein Herz so selig belebt, wird mich erhören; wir sehen ihn wieder! Kinder, ja — ich weiß, ich sehe ihn wieder.

**Frühberg.** Du wirst ihn wieder sehen; du siehst ihn wieder! Amalie, mein Blick, — meine Stimme, — Weib — Mutter! Ja, ich bin's, ich bin's — du hast mich wieder in deinen Armen.

**M. Reichenst.** Allmächtiger Gott! Sie umarmen sich.

**Philipp** stürzt zu seinen Füßen.

**Wilhelmine** reißt eine seiner Hände aus der Umarmung, und hält sie fest an ihr Gesicht. Vater —

**Franz** umfaßt seinen Leib. O lieber Vater, sehen Sie uns an!

**Lindenst.** sucht, wie die Kinder ihn frey lassen, ihn zu umarmen.

**Hofrath** sieht starr hin.

**Sidof** faltet die Hände.

Eine Pause.

**M. Reichenst.** Bist du es — bist du es? Doch noch glücklich, glücklich, glücklich!

**Frühberg.** Kinder, vergebt mir, daß ich euch vaterlos gelassen habe. Weib, vergib mir, vergib mir!

**M. Reichenst.** Tausend Thränen flossen, und du sahest sie nicht —

**Frühberg.** Ich habe kein Recht an euch — als was ihr mir großmüthig geben wollt. Ich habe euch nicht erzogen. Aber siebzehn Jahre lang habe ich in Ketten um euch geweint, in Sturm und Wellen laut geweint. Laßt meine Thränen mir zu Gute kommen, und mein Unglück!

**Wilhelmine** küßt seine Hand. Ach, Franz! Sie schreyt laut auf. Sieh, sieh, wie die Ketten da eingedrückt haben!

**Franz** küßt die andere Hand. Darum haben Sie mich heute so geküßt und gesegnet.

**Frühberg** umarmet alle drey. Meine guten Kinder!

**Hofrath.** Bruder —

**Frühberg.** Dir kann ich nicht sagen: „Komm an mein Herz." Die Natur wies meine Kinder an dich, und du hast sie abgewiesen! Reich komme ich zurück; alles wollte ich vor euch ausbreiten —

**Sidof** drückt ihm die Hand ernsthaft. Herzlich willkommen auf europäischem Boden!

**Frühberg.** An der Wonne der Unglücklichen wollte ich mich laben: aber du hast den seligsten Augenblick meines Lebens mit häßlicher Gewalt mir abgestürmt.

**Hofrath.** Aber nimm selbst, der Ring —

**Frühberg.** Sechzehn Jahre lag ich gefangen, arbeitete in den Gebirgen, wohin kein Europäer kommt; konnte nichts wissen — euch

nichts wiſſen laſſen; ſchleppte meine Ketten ge=
gen die aufgehende Sonne, und mit der un=
tergehenden Sonne wieder in meinen Kerker.

**M. Reichenſt.** O Gott!

**Frühberg.** Wunderbar rettete ich der Toch=
ter meines Herrn das Leben, ward frey, mit
Geſchenken überhäuft. Ich komme hierher —
will dich ſchonen, euch **kennen**, ehe ihr euch
reich wißt, finde euch in drückender, augen=
blicklicher Noth. Meine Sachen ſind noch zu=
rück: ich will alſo auf den Ring ein Capital neh=
men, und — laßt mich an euren Herzen das
Übrige vergeſſen. *Er wird von der Gruppe umarmt.*

**Philipp.** Nun fühle ich die Wahrheit Ih=
rer Lehren zwiefach!

**Frühberg.** Die Sucht, das Lächerliche zu
mahlen, hat keines Menſchen Herz je ſo theuer
bezahlt, als ich. Mein Sohn! laß es für den
Denkſtein des erſten Wiederſehens gelten, daß
ich dich beſchwöre, „nirgends Lachen zu erre=
gen, aber Wohlwollen und Zufriedenheit, wo
du weißt und kannſt.” Dann öffnen ſich dir
alle Thüren, alle Herzen; du gibſt Frieden, und
haſt Frieden.

**M. Reichenſt.** Kommen Sie, Linden=
ſtein. — Durch deine glückliche Wiederkunft
wird dieß der Mann, der einſt deine Wilhel=
mine glücklich machen wird.

**Frühberg.** Meinen Segen über alle! Loh=
nen kann ich nichts. Aber jeden Waſſertrunk,

den eine gute Seele euch gereicht hat, lohne Gott mit Seelenfreude reich!

**Hofrath.** Bruder, Gott hat dich mit Reich=thum gesegnet — das freut mich. Laß uns —

**Sidof.** Mich freut es wahrlich. Wo ich Ihnen dienen kann, disponiren Sie — ich ken=ne alle Gelegenheiten.

**Hofrath.** Laß uns alles Mißverständniß bey=seit legen —

**Frühberg.** Die Natur mag dir vergeben, daß du ihre Stimme nicht verstehen wolltest.

**Hofrath.** Du kannst jetzt deiner Familie mit Gottes Hülfe wieder Eclat geben. Ich will das Meine beytragen, und zum Andenken dei=ner Befreyung und Rückkunft deinen vorigen Übelstand zu verbergen brüderlich helfen. Das Gesuch, in den Adelstand erhoben zu werden, will ich nicht nur für mich wiederhohlen — ich will es auch auf dich und die Deinen mit ex=tendiren. Ich zweifle nicht, wir erhalten es; alsdann —

**Frühberg.** Bruder, ich danke Gott, daß ich wieder in den Vaterstand erhoben bin. Nach siebzehn Jahren — aus den Ketten — wieder unter Frau und Kindern! Laß uns erst meine Ehrenrettung von unserm guten Fürsten selbst betreiben; dann will ich nur leben, um auf dem Gesichte dieses edlen Weibes Falten auszuglei=chen — oft meine Ketten betrachten, und Gott danken, daß, von aller Welt verlassen, mitten

in Noth und Elend — diese guten Kinder den
Adel ihrer Seele so rein erhalten haben.  Er
umarmt seine Frau; die Kinter und Lindenstein sie beyde.

**Sidof** hat sich auf seinen Stock gestützt, und sieht zu.

**Hofrath** hat den Stock am Munde, spielt mit der
Quaste, und sieht vor sich nieder.

Der Vorhang fällt.